大地的
礼物

袁炳发 ◎ 著

应急管理出版社

· 北 京 ·

图书在版编目（CIP）数据

大地的礼物／袁炳发著 . －－北京：应急管理出版社，
2024

ISBN 978 - 7 - 5237 - 0025 - 9

Ⅰ. ①大… Ⅱ. ①袁… Ⅲ. ①散文集—中国—当代

Ⅳ. ①I267

中国国家版本馆 CIP 数据核字（2023）第 220304 号

大地的礼物

著　　者	袁炳发
责任编辑	陈棣芳
封面设计	宋双成

出　版发行　应急管理出版社（北京市朝阳区芍药居 35 号　100029）
电　　话　010 - 84657898（总编室）　010 - 84657880（读者服务部）
网　　址　www. cciph. com. cn
印　　刷　北京飞达印刷有限责任公司
经　　销　全国新华书店

开　　本　710mm×1000mm$^1/_{16}$　印张　12　字数　133 千字
版　　次　2024 年 4 月第 1 版　2024 年 4 月第 1 次印刷
社内编号　20230620　　　　　定价　39.80 元

爱上阅读，学会写作

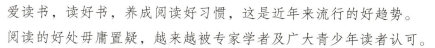

○凌翔

爱读书，读好书，养成阅读好习惯，这是近年来流行的好趋势。

阅读的好处毋庸置疑，越来越被专家学者及广大青少年读者认可。

大家越来越认识到，阅读将会对读者起到潜移默化的作用，既开阔了读者的眼界，也陶冶了读者的情操，它会不断引导读者不断提高自己的能力素质，调整自己的心情，缓解生活中的压力，帮助读者在丰富知识的同时增强胆识和气度。所以，引导广大青少年学会阅读，爱上阅读，阅读好书，越来越成为专家学者们的一大重要任务。

散文是一种抒发作者真情实感、写作方式灵活多样的记叙类文学体裁。广义地说，散文是与小说、诗歌、戏剧并列，在小说、诗歌、戏剧以外的所有文学作品的统称。但在当代，散文又专指那些形散而神不散、意境深邃、语言优美的文章，所以，当代散文又有了一个形象的称呼：美文。

散文的门槛不高，可以说，只要会写作文的人，都能够写散文。所以，在我国，每天都会有数不清的散文作品诞生。不过，尽管散文作品的量很大，但真正的好散文、真正能够传世的散文并不多。可以说，我们常见的散文大多是平庸的作品，所以为了能够在海量散文作品中发现优秀的散文作品，人们开展了多种多样的散文评选活动，其中名气较大的有冰心散文奖、三毛散文奖、丰子恺散文奖等。当下最为权威的散文奖项当属冰心散文奖，该奖项由中国散文学会组织，在著名作家冰心女士生前捐赠的稿费基础上设立，每两年评选一次，旨在评选出题材广泛、思想敏锐、能够深刻反映现实生活的优秀散文作品，被誉为中国散文界最为重要和专业的奖项。正因为此，每届冰心散文奖获奖散文作品集都极受欢迎，成为散文写作者的范本，也成为老师推荐学生阅读的精品。为了给广大读者提供更全面、更精美的散文阅读范本，我们从已经举办的九届数百名获奖作家口挑选出几十位最适合中学生阅读的散文家，请他们从自己所有的作品中挑选出文字精美、意境深远的作品，结集推出，希望编写出版一批为中学生所喜闻乐见的好的散文选本。

大家知道，与小说相反，散文是写实的，散文作家在写作时，如同用照相机拍照一样，用他们的笔墨触及身边的人、事和风景。即使是历史散文，作者笔墨描绘的也都是真实的人和物，所以，真实是一篇好散文要满足的首要条件。其次，好的散文在"形"散的基础上，实则上是"神"的聚焦，是思想的聚焦、灵魂的聚焦。正所谓说东话西，全都是为了一个中心。第三，散文注重抒情，注重遣词造句的美与高雅，注重每个篇章、段落之间层次的递进、并列和呼应，所以，散文又是不拘一格的。正因为此，阅读欣赏散文作品时，要能够阅读出新词妙意，阅读出谋篇布局，阅读出作者的所思所想，阅读出作者字里行间散发出来的对生活的热爱和对美好人生的向往，以及对万事万物的兴趣和景仰。

千万别指望别人给你提炼出一二三四的写作方法，即使有人总结出了什么写作诀窍，也千万不要相信。写作从来都没有捷径，要想写出好文章，必须进行深入的阅读，阅读最好的作品，阅读的同时不断分析作品，把作品拆开来思考。只有读出了每篇作品的结构组成，读出了人物刻画的方法，读出了语言运用的技巧，才会把优秀作品的营养吸收下来，从而转化为自己写作的智慧。

写作的门槛确实很低，但写作的台阶却很多、很高，我们每迈上一级台阶，都需要付出很多很多的汗水。让我们一起多读好文章吧，为自己写出好文章积累砖瓦，达到"对事物的观察十分细致，对人物的刻骨九分入骨，对心灵的把握八分精准"的标准。

目录

第一辑　大地的礼物

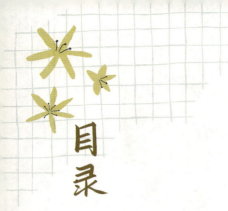

目录

目录

第三辑　文学天空

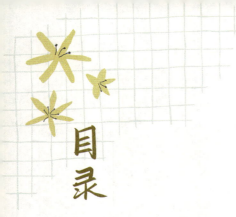

目录

第四辑　阅读品评

第一辑

大地的礼物

柳青的老乡

哈尔滨气温降至零下 31 摄氏度。

网上有人在晒空中抛开水的游戏，一杯开水在超低温冷空气中运动，瞬间结成一道弧形冰霜，吸引了众多网友的关注，人们为此都欢乐起来了。其实这不是全部真相，寒冷让人心情忧郁，不思茶饭，写不出来东西，也无法读书。广袤的黑土地上正咆哮着被我们称为"大烟炮"的寒风。虽然我完好地躲在城市中心坚固的水泥钢筋城堡中，但心情却摇摇欲坠，脑子里盘旋着伏尔加河上奔跑的三套车，它的旋律忧伤如刀。中午已经过去了，我饥肠辘辘，但嘴似乎并不乐意配合，就这么矛盾着，犹豫着。

哈尔滨冬天的夜晚来得特别早，三点四十分，夜的幕布在飘坠，四点整，整个城市就已经笼罩在黑暗中。虽然灯光让整座城市亮得像喧哗的舞台，可是，它真的亮如白昼吗？不如说，街灯闪烁的霓虹，使夜更黑暗了。我在阳台上抽了一支烟，看远处车灯的河流在流动，终于感到饥饿难耐了。

楼下，面向主街的门市都开着各种各样的灯箱招徕生意，我一边走一边看，并没有多想就推开了一个小店，小店的灯箱上有四个热乎乎的小红字——"砂锅油饼"，我是奔它而来的。小店很小，只有四张小桌，小店也很清静，只有一个穿着白色厨师服的小伙子，他坐在椅子上低头看一本很旧的书，也许是一本破旧的账本，谁知道呢？现在看纸质书的人少了，人们都成了手机奴。

我要了半斤油饼和一个豆腐排骨砂锅。小伙子回到了后面的厨房，接着响起了排烟灶的风轮声。这时候从后面出来一个女孩，从柜台上的咸菜罐子里取了一小碟咸菜放我桌子上。我这才大致猜出，这应该是个年轻夫妻小店。

东北的小菜馆里常常免费提供小咸菜，不过无非是芥菜疙瘩、萝卜条之类的东西。老板娘问我是否要喝一杯自泡的药酒，我本来无意喝酒，被她一问，倒问出想喝一杯的意思了。我听出她的口音里有异乡的味道，又听不出具体是哪儿的，因为现在的年轻人学习能力很强，能够很快将自己融入新的环境，

包括语言、神态和观念。突然，小伙子在后厨喊了一嗓子，女孩回去了，再出来时两个人在一起，一个捧着砂锅，一个举着饼盘。我吃着喝着，小两口和我聊着，我这才知道，他们是陕西吴堡人。

"陕西吴堡？"我来了兴致，似乎超低温带来的忧郁都淡了许多。

"是咧。"小伙子用陕西话答道。

"你可知道吴堡有个响当当的人物？"

小伙子狡黠地笑了，不说知道也不说不知道。

"柳青，你们知道吗？"我问。

两个人相视而笑，然后回过头来看着我，那女孩一脸自豪，抢着说："吴堡人都知道他，大作家嘛！"

"对呀，大作家。"我跷起大拇指，一扫内心的阴霾，给他们讲起了柳青，讲起了《创业史》。他们问我为什么这么熟悉柳青，我告诉他们，我的职业就是作家。

我们聊了很多话题，这就算认识了。但我没有问他们的名字，只知道小伙子姓陈，姑娘姓马，从此之后，见面我就叫他们"柳青的老乡"。他们是县城里的孩子，离柳青故居40千米。

认识了他们之后，我就经常光顾他们的小店。小两口恩恩爱爱，手脚都麻利干净。有时候饭口人多，我们就没有时间闲聊，我吃着饭，心里偶尔会琢磨下，这两个孩子是不是私奔的？感觉挺浪漫，但从未开口问过他们。有时候不是饭口，就我一人用餐，他们就陪着我聊天。我问起他们怎么来到这里，这才知道，他们不是私奔的，人家两个年轻人是来看世界的。他们大专毕业之后就开始了全国之旅，已经去过云南、四川、广东、上海、北京等地。他们每到一地，先把当地的风景名胜玩遍，就像一对兴趣盎然的游客，结束旅游之后，如果还对这个地方感兴趣，他们就找一份工作，一方面赚钱养活自己和准备下一个旅程的资费，另一方面停下来对当地进行进一步的了解。他们到哈尔滨后，先在一个饭店打工半年，后来在微信朋友圈看到一个小店出兑，就接手干了起来。这一干就是半年。

我问："这么说，你们在哈尔滨已经待了一年了？还没待够？"

"是的，哈尔滨很好。"

"怎么好？"

"哈尔滨女孩漂亮极了。"小伙子说，也不顾姑娘的白眼儿。姑娘则笑着说："这个地方让人很舒服呢，哈尔滨人的幸福指数很高，整天乐呵呵的。"说到这里，她举了一个例子。去年夏天大风来袭，哈尔滨街道上的大树都倒了，因而放假一天，结果哈尔滨人毫无压力，竟然赶到菜市场去采购。姑娘笑起来，露出洁白的牙齿，说："心态这么好，多么可爱呀！"

我说："那你们就在这里扎根吧。哈尔滨本来就是移民城市，会敞开怀抱欢迎你们的。"

可是他们说："不会的，我们不想这么早就停留下来。世界这么大，我们要好好走走呢。"

樱花盛开的四月，我因事和妻子去了一趟日本，在日本期间，收到了他们发给我的一段一段的微信。

我整理后贴在这里：袁老师，我们打算回乡创业了。如果不是认识您，我们可能还不会停下脚步。说实话，我们出来看世界，走了很多地方，我们很愉快，也长了见识，攒了一些钱。但是，内心深处终究有一个很沉重的问题一直困扰着我们，那就是，我们究竟要什么？可能这才是我们停不下来脚步的真正原因。自从认识了您，看到你那么了解柳青，那么敬重柳青，这让我们在第一时间里有一点窘迫，因为作为柳青的同乡，吴堡人，我们虽然知道柳青，但我们究竟知道什么呢？我们只把他当成一张可以炫耀的名片（说实话，这一点也是要看对方是否知道柳青作为前提的）。没有您，我们不会进一步了解柳青。和您相识的几个月以来，我们查阅了大量柳青的相关信息，网购了一套《创业史》，虽然我们"80后"并不能完全理解前辈们创业的艰辛，但是他们的经历感染了我们，而且我们也深深地感到，无论时代如何变化、社会怎样发展，创业者的心灵旅程都有共同之处，所以我们被"心灵史"的这种说法震撼到了。我们也从《创业史》中重新发现了我们的父老乡亲，我们的前辈们，并且从心底对他们产生了敬意。我们就出生在吴堡，我们的身体里流着吴堡人的血液。柳青为了写《创业史》，在乡村一待就是十四年。他说，文学是愚人的事业，只有愿意为文学卖命的人，才能干这一行。我们知道，他所说的"愚人"，其实就是意志坚定的人、踏实的人。恰恰在这一点上，我们这一代人有差距和欠缺。柳青终身恪守一个作家的本分，心无旁骛地研究生活，从事创作，才终成大器，这给了我们很大启发。世界的确很大，但我们必须把握脚下坚实的土地。所以我们要回乡了，我们要像我们的前辈柳青那样坚忍地在吴堡大地上干出一番事业来。我们两个一个学的是农业，一个学的是旅游管理，虽然我们还没有想好到底做什么，但一定要利用好我们的专业，在家乡踏踏实实从头做起。再见了袁老师，欢迎您有机会来吴堡。

我从日本回到哈尔滨之后，看到他们的店已经换了新的主人，也不再是东北风味的餐馆，而是一家由几个少女开起来的西点店。但是，柳青两位小同乡的微信动态我还是经常关注：有两人下农村考察吴堡山药和红枣的图片，也有去吴堡古城、蛟龙壁、孟门古镇的图片；当然，还有两个人站在寺沟村柳青故居门前的图片，他们在图片下写了"我们回来了"，"我们因为您而骄傲"。

后来的微信动态就很少更新了，他们只在微信上给我的问询回一个简短的消息：袁老师，一切顺利进行中，忙、累，但快乐着。我们一切走上正轨的时候，再向您汇报。

我写这篇文章的时候，他们两个人的形象一直浮现在我的眼前。年轻是多么好啊！柳青的老乡，你们要记住，远在哈尔滨的朋友在祝福你们！

大地的礼物

四季轮回，总呈现不同的风景，我是一个非常爱看风景的人，在每一个季节里，我都有出去走一走的欲望。如果不出去，心里就非常不舒适：焦虑、无聊，还有忧伤。

现在正是秋季。一想到秋季，我的脑海中就翻腾着大色块，非常浓烈鲜明。

四季分明的东北，或者说四季分明的黑龙江，在秋天里，什么色彩最美呢？如果你要问我这个问题，我可得跟你好好聊一聊。

平坦广袤的东北大平原，秋天里总是金灿灿的。我就想啊，这是一个什么样的图景呢？又是怎样的一种情怀呢？什么叫大气，什么叫大气磅礴？只要你想一想，以一个普通人的身份，调动你的想象力，那一幅波澜壮阔的美景就在眼前显现了。一望无际的平原，一片金黄萧瑟的情景，又悲又壮。大的事物差不多都给人这样的怀想。是不是从这个时候——金色的秋天起，这片大地的性格就形成了，它豪迈，纯真，甜美，富饶！

这片神奇的土地，铺展到黑龙江的时候，铺展到五常的时候，新的故事诞生了。这一点，在我去五常之前完全没有想到。

去五常，实际上也是一个机缘吧。

一位老朋友约几个人去五常走一走。我当时兴趣不大。后来才明白，我这是先入为主了，以为五常不过是大米基地罢了，由舌尖上的欲望而风靡全国的餐桌，我不去凑这份热闹也罢。但朋友执意要去，他是个摄影爱好者，对色彩相当痴迷。经他们一番劝诱，我又想，或许这趟旅程会撷取一番别样的秋色入眼，也是件美事。

就这样，为了陪伴朋友，我们就一同出发了。没有想到的是，去了，看了，就爱上了五常。

首先是稻田的美！或者以千万亩计，一望无际，金黄灿烂，真是美得令人无以言表。这让我知道了什么是质感！这金黄有一种夯实的厚重之感，它们并不刺眼，并不炫目，它们低调、淳厚，可亲近，可抚摸。而那连绵，那蓬勃之势又预示着一种伟大的力量，非常震撼人心。你面对着它们，感受到的是大自然的力量，感受到的是人类的力量。其实这非常神奇，两种伟大的力量，当它们一联手，就创造出了人间最美的图画。然而，面对着它们，似乎又无来由地揣测到了它们的经历。你可能要问一句，它们到底经历了什么，才让它们散发出迷人、成熟的馨香呢？一定是春天的惠风，夏日的细雨，繁星与朝露，滋养了它们，并且成就了它们吧。

抵达五常的当晚，我们每人吃了一碗新鲜的白米饭。哇！这才知道五常的米的确与众不同。说起来，我这个人对吃从不上心，我倒是很羡慕那些堪称美食家的朋友，对美味佳肴如数家珍，津津乐道，而我却常常吃不出美食的高境界。但吃了一碗五常米饭，满口清香，我忽然天眼大开，发现了美食的秘密。所以朋友们开玩笑说，一趟五常行，行出一位美食家了。虽是玩笑话，但的确，因为五常，因为食物，打开了我的另一个心智，未尝不是一件有趣的事情。说到底，人的一生都在不断地发现自我，认识自我，这方面的话题不展开，算是后话吧。

实际上，我内心还是颇为感慨的。像我这个年龄的人，经历过三年困难时期，对粮食有一种天然的感情。我们中国有一句非常有智慧的话：民以食为天。食是老百姓生存的根本。一个好的时代，一定是一个金灿灿的时代，丰硕而美满的时代，老百姓粮食满囤，心才安稳，脸上才有笑容。端起一碗五常大米饭，看着满眼丰收的情景，看着农民一脸开心的笑容，我的心也是满满的幸福感。

人满怀幸福感时，自然会对幸福做一番探究了。五常大米的历史可以追溯到唐初渤海国时期（7世纪中叶），当时五常境内就有农民种植水稻。但那时候，五常大米偏安一隅，静悄悄地繁衍生息，似乎并不急于出世。这一点也很有趣，给大家留下多少想象的空间呢，五常大米穿越时间，流淌在历史的长河中，等待被人们发现。直到清道光年间，五常大米终于登上历史舞台，被封为贡米，专送京城，供皇室享用。故五常大米有"千年水稻，百年贡米"之誉。这样回溯历史，倒并不是要找一个什么噱头，而是要说明五常大米的底气。大凡一个好的品牌，总是历经长时间的磨砺考验，方能得到持久的保证和升华。不然为什么人们总是更信任百年老店？悠久的历史蕴含着人们的智慧和诚信。

我们对这片土地了解得越多，就越热爱这片土地。这片神奇的土地，不仅孕育了一望无际的稻田，也成为我和朋友的灵感发源地。我们每个人都在这里有了新的发现和感悟，每个人都处在激情勃发之中。这是一片多么美丽的土地，这里的人民又是多么聪明、智慧、勤劳、勇敢！虽然东北面临着巨大的困境，但是这片肥沃的土地已经证明，它有能力有智慧找到一条振兴之路，带领东北人民走上富裕美满的康庄大道。

当我离开这片金色的土地的时候，我的心中装满了蓬勃的希望。这希望在金色的田野上驰骋，在我们每个人的心中荡漾。哦，这美丽的土地，这金色的大地的礼物！

想象成美丽

那年我刚刚二十岁。

我第一次和一个女孩子的恋爱，就在那年的秋天失败了。

躺在屋内的单人木床上，我用哭声倾诉心底的悲哀。

在如水的秋夜里，如狼的哀鸣一般的哭声惊动了母亲。母亲披衣起来，站在我的床前。

开始，母亲只站在那儿，默默地注视着我。后来，母亲就坐在床边，把一双很热的手放在我的额头上，叫着我的乳名，说："小小，别这样，把失败的事情想象成美丽，这样你就可以宽容他人了。"

微凉的秋夜里，我感受到母亲的心在温暖着我。

我停住哭声，抓住母亲的一双热手，放在我的胸膛上，说："妈，您的话小小记住了。"

母亲听后放心地笑了。

母亲笑着时，我突然很心疼地发现，母亲已经很苍老了。

父亲去世后，母亲带着我和妹妹含辛茹苦地过日子，这已经够使母亲艰难的了。

我心里说："妈，小小难为您了！"

在我把许多失败的事情想象成美丽的五年以后，我又遇到一个女孩。

女孩答应和我结婚。女孩什么都不要，只要一个能装衣服的新柜子。

那时，我家的日子如贫血女人的面色一样苍白。我无钱给未来的新娘买装衣服的新柜子，就约请几个朋友，弄一辆手推车，去山上盗伐做柜子的木材。

下山回来时，"灾难"发生了。

我和朋友还有那满满一手推车的楸木，被林业站的人员堵截了。

车子和楸木被没收，听说还要罚很多钱。

在等候处理结果的几天里，母亲一直坐立不安。

一天深夜，我突然被母亲的哭声惊醒。

我披衣起来，站到母亲的床前。

我把我的双手放到母亲的额头上，望着皱纹满面的母亲，说："妈，别忘了您和小小说过的那句话：把失败的事情想象成美丽。"

母亲听后，抓住我的双手，从额头上移到她的胸膛上，哽咽着对我说："小小，你长大了！"

我说："妈，小小确实长大了。"

……

在以后的许多年里，我一直把母亲的这句话作为我人生的格言。

"把失败的事情想象成美丽。"母亲的这句话，真的是我成功的一个重要条件呢！

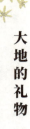

怀 念

南方很热。深秋了，还是很热。

这是我对南方最深的感受。

2003 年的秋天，我飞往上海，去探望姐姐。姐姐家在上海的远郊，姐姐告诉我：虹桥机场就在附近。因此她家楼顶的上空，每天不时地有飞机飞过。飞机的轰鸣声每天都把人吵死了，可我发现姐姐一家可能早已习惯了，因为飞机的轰鸣声没有引起她全家人的一点点不快。

我有些不习惯，甚至每当听到飞机的轰鸣声时，就有一种恐怖感在心里陡然而生。到姐姐家的第三天晚上，我和姐夫喝了一些酒。酒后，便迷迷糊糊地上床入睡。半睡半醒之间，就感觉姐姐家的楼顶有一架又一架飞机飞过，飞机在"嗡嗡"地叫个不停。

突然之间，我仿佛看到楼顶上空的飞机增加了许多，如群雁一般在空中盘旋着。继而，很多架飞机俯冲而下。接着，飞机的尾端有一串串的炸弹自空中掷下。

地上被炸出一个个坑。之后，一大片楼群被炸坍塌。整个城市上空红光一片，城市已面目全非。

一时间，弹片横飞，硝烟弥漫。

城市中到处是被炸开了花、残缺不全的肢体，还有瑟瑟发抖的老人，有孩子无助的哭泣，有衣不蔽体的妇女绝望的号叫，有丧家之犬哀哀的狂吠，有入侵者肆无忌惮的狞笑……突如其来的灾难，给整座城市涂上了一片凝重的血色。

战争光临了我们这座城市。

我很快地跑下楼。因为我接到了上级的命令，要阻止敌人占领这座城市，我的任务是炸掉敌人必经的一座桥。

我站在桥下，挺直腰，拉开了炸药包的导火索。火光闪现的那一瞬间，一个熟悉的声音在耳边响起：为了新中国，冲啊！

一声巨响，我被一股热浪冲到一个无名高地上。我连忙抱住了一个爆破筒，在与敌人同归于尽之前，又一个熟悉的声音在耳边响起：为了胜利，向我开炮！……

庆祝胜利，举国狂欢。

地上，欢庆的锣鼓响彻云霄；天上，威风凛凛的战斗机呼啸而过。

这时，我听到了他老人家的声音：中华——人民——共和国中央人民政府成立啦！这声音响彻整个世界。

我和战友高兴得手舞足蹈。

在我忍不住大喊大叫之时，睡在我身旁的姐夫推醒了我。姐夫望着怔怔的我，问："怎么了？是不是做噩梦了？"

我不置可否。

躺下之后，我又想起刚才在梦中熟悉得不能再熟悉的声音。

便禁不住潸然泪下。

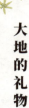

亲情树

很久很久以前，在一个遥远的地方，有人种下了一棵不知名的树，经风历雨，这棵树越长越茂盛。许多年后，有个人经过这个地方，发现了这棵特别的树，古木参天，每一根枝干都如同手足兄弟一般紧紧地相拥在一起，状甚亲密。于是，此人灵感突发，给这棵古树起了一个温暖的名字——亲情树。

又过了许多年，随着大陆地壳的变迁，这棵亲情树从那遥远的地方迁徙至有人居的所在，它的枝枝叶叶在岁月的更迭中不枯反荣，这棵树似一道温暖的目光，饱含深情地注视着身旁的芸芸众生。

邻居有一对双胞胎男孩，上小学四年级，两个小兄弟的模样长得实在太像了，外人几乎无法分辨。每天早晨，他们手牵手走下楼时，都能听到从他们身后传来的叮咛声："路上小心啊！"这是他们的父亲在不厌其烦地叮嘱他们。被父亲牵挂，是多么幸福啊！只是这时候他们小小的年纪，还无法体会这深深浓浓的亲子之爱。

有一天，当父亲老去，他们各自为人父时，也会如父亲一般日日在儿女出门前，叮咛嘱咐："路上小心啊！"他们秉承着父爱，延续着亲子之情。他们的儿女呢，有一天也会如此。于是，一代又一代，亲情树绵绵不息地生长着……

有一次，路上一对行动不便、身体有障碍的夫妇吃力地推着一个轮椅，轮椅上坐着一个女孩。女孩一看就有智力障碍，她的双手不停地挥舞着，仿佛要去触摸那高天上的流云，她的嘴里还咿咿呀呀地不知在唱些什么。女孩虽然有智力障碍，但看上去却是欢快的，这对夫妇也是一样，脸上始终流露着欢快的表情。三个人穿戴齐整而干净。一家人看样子要去热闹的休闲广场，一起去那里看人来人往，看车水马龙，看扭秧歌的、跳舞的，听吹拉弹唱的，他们要跟所有的正常人一样享受这生活的温馨一刻。别人看他们的眼光很特别，可是他们不怕，依然从容地推着女儿向前走。亲情树护佑着这一家人，让他们在艰辛中感受生活的暖意萦怀。

有一个大龄男子因为家穷一直没能说上媳妇，最后找了一个小矮人般的女子为妻。这个女子虽然长得小巧袖珍，但却心灵手巧，把家里的一切都料理得井井有条，让大龄男子过上了踏实的日子。后来，袖珍女子生下一个女婴，这女婴长大后也成了一个小小矮人。虽然这样，父亲还是相当疼爱他的女儿，为了送女儿上幼儿园、小学、初中，他可是没少费心思。人家见他的女儿怪异，怕影响别的孩子，所以总是拒绝。但父亲不信邪，最后，在他的不懈努力下，小小矮人姑娘终于如愿以偿地上了幼儿园，而后上小学，现在又读初中了。

为了方便女儿读书，父亲每日风雨无阻地接送女儿。小小矮人姑娘果然争气，在班里学习成绩一直名列前茅。老师们都相当吃惊，没想到这孩子身体虽然有缺陷，智力却是一点儿没毛病。父亲和母亲早商量好了，只要女儿喜欢读书，愿意读，他们就是吃尽千般辛苦也要供孩子继续读书。他们想有了文化，学到了知识，女儿的人生总不会没有一点指望吧。父亲就这样每日满怀希望，快乐地接送着女儿。亲情树在花开花落中更加枝繁叶茂了……

俗常的日子里，总有一些人、总有一些事温暖着我们的目光，滋润着我们干涸的心灵。正是因为这些人、这些事，才使得青山不老，岁月常新，才使得扎根于我们心中的亲情树化成了不老的神话。

滴水之恩

人生第一次的成功是刻骨铭心的，甚至是终生难忘的。

我的小说处女作发表在《小小说》杂志1986年第四期上，因此在我的生命之中，这个夏天是个很美好的夏天。

写这篇文字的时候，已经是2007年的夏天。一晃眼，二十多年过去了，但第一次的成功犹在昨天，心头依然荡漾着1986年夏天的喜悦。

那年夏天发表处女作之后，《小小说》杂志便把我列为重点作者，邀请我去北戴河参加《小小说》杂志社举办的全国小小说笔会。

我去了，从山里出发，这是我的第一次远行。

于是，梦开始在海面上缓缓漂流，漂到花开的日子，听到了花开的声音，我的作品开始频率极高地出现在国内各大文学期刊上。

然而，面对今天的成功，我的心里不止一次地想念二十年前任《小小说》杂志主编的木桦先生。

人总是要有感恩之心，尤其在你口渴的时候，递给你第一杯凉水的人。

这是我们做人的最基本原则。

木桦先生就是递给我第一杯凉水的人，因为那次笔会，才有了我今天的成功。

当时笔会，木桦先生因事未能前往北戴河，只是在笔会后，与我通了一封信。之后不久，《小小说》杂志停刊，我便和木桦先生失去了联系，同时也失去了谋面的机缘。

但在作家圈中，我一直在寻找木桦先生。后来，听朋友说，他去了北京……

2007年6月的一天，我突然接到一位前辈作家的电话，他告诉我木桦先生近日会到哈尔滨，并把木桦先生的电话转告了我。

然后，我立即与木桦先生通了电话。

不日，我便见到了这位我一直想念并敬仰的老师。

这是我们二十多年来的第一次相见，我的激动之情溢于言表。

因为格外开心，那天中午的酒我喝得多了一些。

醉酒后，我在老师的脸上轻轻地吻了一下，我说："老师，我永远爱你！"

话毕，醉眼蒙眬中，我发现这位年近七十的老先生眼里涌出了泪花。

老师说："炳发，谢谢你。当年的一件小事，让你记了二十年。"

望着亲爱的老师，我无语凝噎，心想：这就是人们所说的滴水之恩难忘吧！

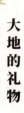

过 失

在街上，有一个穿红裙的女孩远远地在看我。我不知她在看我什么。

我就上前问："你在看我吗？"

女孩说："是的，我在看你。"

女孩又说："在看你的同时，我想到一个问题。"

我急问："是不是关于爱情的问题？"

女孩说："也许是，也许不是。"

我说："最好是看到我的第一眼起，你就想到了爱。"说完，我就若无其事地看向街道两旁的广告牌。

看了一会儿，我觉得没什么看头，就又对女孩说："瞬间产生的爱情，很容易刻骨铭心。"

女孩说："是吗？看来你在这方面还挺内行的。"

我说："内行不敢当，只是有时爱在某种虚幻的境界中，有一些想象上的感受。"

女孩听了，就咯咯地笑。

笑了一会儿，女孩说："你这人挺有意思。"

我说："你只说对了一半。其实，我这人并不只挺有意思，而且还挺聪明的。比如你看我第一眼时，我就知道你想到了爱情。"

女孩听后，脸立即沉了下来。

女孩说："刚才我确实只说对了一半，你这人并不只是有意思，更主要的是你这人还有病！"

我听后反驳说："你可别选择医生的职业，容易误诊。我除了三岁时，得过一次肺炎，就再没生过别的病。"

女孩问："你没病怎么就说我看到你的第一眼，就想到了爱情呢？"

我说："道理很简单，心有灵犀。"

女孩马上说："这就更有病了。告诉你吧，看到你的第一眼，我想到的问题是：上帝为什么对我这样残酷，让我在这座美丽城市的街道上，看到一个最丑陋的人。"说完，女孩就头也不回地走了。

不一会儿，那条红裙就消失在了人群中。

……

这件事情是十年以前发生的。那时太年轻，正是将青春的第一行诗，写进自己人生第一本诗集的年龄。

因此，后来，直到现在，我一直都不能原谅自己的那一次过失。

被天使敲开的门

　　一天，热心为学校卖杂志的小学生杰瑞，向一所几乎被人们遗忘的房子走去。很少有人看见过这房子的主人，因为他难得走出家门。房子的主人是一个性情相当古怪的老人，对周围的人极不友善，仿佛随时都在提防着别人。当邻居们主动跟他打招呼时，他也很少开口说话，只是用眼睛瞪着对方，目光中充满了敌意。

　　杰瑞礼貌地敲了门，然后静静地等在一旁，门慢慢地被打开了。"小家伙，你想要干什么？"老人苍老而严厉的声音从里面传来。杰瑞对老人说："先生，您好！我现在正在为学校卖杂志，我来想问一问，您是不是也要买一本这样的杂志？"

　　杰瑞满心希望老人可以买一本他的杂志，他在等老人开口。这时，透过打开的门，杰瑞看到老人的壁炉架上放了一些小狗的雕像。"您喜欢搜集这些东西吗？"忍不住好奇，杰瑞问道。"是的，我搜集了很多这样的东西，我把它们都当成了我的朋友和家人，它们每天陪伴着我。"老人回答了杰瑞的提问。

　　看到老人空荡荡、缺少人气的家，杰瑞觉得老人非常孤独。"您看看我们的杂志吧，这里面介绍了好多可爱的小狗，您这么喜欢狗，看了一定会喜欢的。"杰瑞小心翼翼地对老人说。"小家伙，不要再来烦我，我不需要你的杂志，不需要任何杂志。"

　　杰瑞感到很难过。

　　杰瑞忽然记起来，自己家里也有一个很漂亮的小狗雕像，那是去年他过生日时，琳达姑妈送给他的生日礼物，杰瑞一直好好地收藏着。杰瑞想，既然老人这么喜欢小狗雕像，自己何不把这个礼物送给他呢？如果看到了这个小狗雕像，老人一定会很高兴的。想到这儿，杰瑞匆匆赶回家把这份礼物装进了包里，又回到了老人的房子前。

杰瑞再次轻轻敲响了老人的门。这一次老人迅速打开了门，一看到杰瑞，他就气急败坏地瞪着眼说："小家伙，你到底想干什么，我不是已经告诉你了吗？我不需要你的什么破杂志，快走开！""先生，我知道，我不是想卖给您杂志，我只是想送给您一件礼物。"杰瑞红着小脸对老人说。

随后，杰瑞拿出了自己的礼物："这是一只漂亮的金毛猎犬，我家里还有一个，我想把这个送给您。"老人见状，一下子愣在了那里。"什么，这个你要送给我？"老人激动起来，多少年了，从来没有人关心过他，从来没有人送过他这样的礼物，也从没有人对他这样好。"孩子，你为什么要这么做？"杰瑞见老人脸上露出了欣喜的神色，也高兴起来，欢快地说："因为您喜欢小狗啊！"

就从那一天开始，老人走出家门的次数越来越多，他开始慢慢习惯跟邻居或过路的人打招呼了，他开始接受周围的人，人们也开始接受他了。他和杰瑞成了最好的朋友。杰瑞几乎每周都要去看望老人，还会拉着老人的手，陪老人散散步；有时还会邀上小伙伴们一块儿去看老人收藏的那些可爱的小狗雕像。

杰瑞用他的纯真与善良敲开了老人封闭已久的心门，老人重新看到了这个世界的美好，也感受到了久违的温暖，老人那颗缺少关爱与慰藉的孤独的心灵，被这个可爱的小男孩重新温暖、润泽了。小杰瑞就像一个天使，用他的小手轻轻地敲开了那道关闭太久的门，把阳光和快乐带到了门里边，从此永远地改变了两个人的生活。

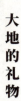

教育诗

方娅的父亲是位作家。

在方娅很小的时候，父亲就常给她买各种儿童文学书籍，目的是想培养女儿，让她对文字产生兴趣。

父亲希望女儿长大后也能成为一名作家。

但方娅并不买父亲的账，什么《安徒生童话》《伊索寓言》《格林童话》，都被方娅弃之一旁，令方娅感兴趣的却是书中那一页页的插画。

于是，方娅一有空闲，就拿着笔临摹书中的每一页插画。

方娅把一幅自己画的唐僧师徒四人取经的画拿给父亲看。

父亲看后甚是惊讶，方娅还真的把师徒四人那"敢问路在何方"的味道给描绘了出来。

这不得不叫父亲对方娅另眼相看了。

父亲也不得不认真地问方娅："方娅，你长大后想要做什么？"

只有七岁的方娅几乎不假思索地回答："爸爸，我要当画家！"

父亲听后点点头，没再言语。

从此，父亲就不再约束方娅，任她随着兴趣自由发展。

一晃，几年过去了，方娅高中毕业，考入了一所艺术院校的动画设计专业。

大二那年的夏天，方娅暑假回家。父亲发现女儿有两个晚上都在电脑前坐到深夜。

父亲还发现，女儿在电脑上敲出的是一行行文字。

之后的一天中午，女儿把父亲请到电脑前，说："爸爸，我写了一篇小说，您给指点一下。"

父亲用疑惑的眼神看了看方娅，然后坐在电脑前读起来。

父亲一口气把女儿的这篇一万多字的小说读完了。

读完后，父亲再次震惊了。没想到第一次写小说的女儿就出手不凡。

父亲把这篇小说拿到了省作协的《阳光文学》主编那里。

不久，方娅的小说处女作就在《阳光文学》发表了。

三个月后，方娅再次看到父亲时，问父亲："爸爸，我那篇小说的稿费还没来呀？都三个多月了。"

父亲听后，怔了一下，然后对女儿说："看，我这一忙都忘了，稿费我早就领了回来。"

说完，父亲从钱夹里掏出钱递给女儿，说："给，稿费，五百元。"

女儿接过钱，说："呀！这么多，看来我还得继续写。"她想了想，又把钱递给父亲说："爸爸，这钱我不要了，您爱喝酒，就用这钱买几瓶好酒吧，算我孝敬您了！"

父亲把钱推了过来，说："方娅，爸爸谢谢你的孝心，但是这钱我不能要，这是你的劳动，而且又是你的第一笔稿费。"

方娅便不再推脱，收下了稿费。

转年，莺飞草绿的春天，方娅也许是因为那五百元稿费的动力，一口气写了三部中篇小说交给父亲。

方娅说："爸爸，我想赚稿费，大学毕业后想开一个制作动画的公司。"

父亲点点头后，就开始读女儿的小说。

父亲用了几个晚上把女儿的小说读完，按捺不住内心的激动，当即就把这三部小说分别投给了国内三家有影响力的大型文学期刊。

后来，这三部小说有两篇被发表，其中一篇《带着龟龟去流浪》是以头题发表的。

再后来，《带着龟龟去流浪》被国内权威文学选刊转载，后又进了该年度的中篇小说排行榜，引起文坛一阵震动，方娅也因此名声大噪。

一次，方娅应邀参加省作协举办的文学创作座谈会。

这次会议，方娅的父亲也来了，就坐在方娅的对面。

会中，《阳光文学》主编的发言，让方娅得知了父亲藏了很久的秘密。

主编说："方娅取得的创作成绩，是我省文学界的骄傲。方娅的处女作是在我们杂志发表的，但说来很惭愧，由于诸多原因，方娅这篇小说的稿费我们至今还欠着呢……"

听到这里，方娅的心里一颤。

方娅抬起头向父亲看去，父亲孩子一样迅速低下头。

方娅顿时恍然大悟。

那一刻，方娅比任何时候都更懂父亲。

方娅低下头，双眼潮湿了。

当她再抬头看父亲时，父亲正对着她微笑。

那笑容灿烂如花。

我和同桌艾红英是同学们公认的好朋友。

艾红英是从农村来到县城插入我们班读书的。

艾红英个子矮，性格内向，说话爱脸红，尤其是当老师在课堂上向她提问题时，她的脸便立马成了红柿子。

一些男女生抓住了她的弱点，还真的拿她当软柿子捏。

课间休息时，女生让她帮打杯水，男生让她帮洗一下手帕。我是瞧不起那些颐指气使的同学的，在有一次一些男女生又支使艾红英时，我一下子火了，抢过艾红英手里的杯子、手帕，统统摔到地上。

从那以后，班里的男女生再也不敢欺负艾红英了。

自然而然，我和艾红英成了最好的朋友。

我和艾红英形影不离，一起吃饭，一起逛街。没事的时候，艾红英的一双眼睛经常凝望着远处，向我讲述她家乡的田野、河流、麦田……

有一次，我和艾红英去逛街，路过水果商店时，我买了二斤橘子。艾红英怀疑橘子不够量，便和商贩争执起来，一定让商贩再给补上一个橘子。

看着商贩和艾红英争执得唾沫星子横飞，我很不耐烦地对商贩说："算了，我同学是从小地方来的，较真儿，我不在乎一个橘子。"说完，我拉起艾红英走了。

不知从哪一天开始，我发现艾红英每天都郁郁寡欢。起初我没怎么在意，不理她，以为过段时间就会好的。然而，事情出乎了我的意料，几天后的晚课她竟不和我一起走了！

同学王月鬼鬼祟祟地对我说："肯定是月考没考过你，嫉妒了呗！"

第二天，艾红英还是躲着我，我非要跟她说话，她就哼哼唧唧。

第三天，更奇，老师把她调到别的座位上去了。她于是就干脆不跟我说话了。

我很生气，但没有办法，让她自己觉悟吧！

身边没了艾红英，我像缺少了什么。往日我俩一起上学，妈妈不让我骑自行车，寄宿在舅舅家的艾红英就每天带我。早上人少车稀，我们经常上演杂技。我个子高、腿长，坐在后座上踩脚蹬子，艾红英两只脚放在斜梁上，但是手没闲着，把握方向。

我坚持了一个星期后，决心不再忍耐，也不再放任艾红英了，我要找回自己的友谊！

我用一个星期仅有的半个小时上网时间搜索艾红英，她认出了我，就像鲶鱼一样溜了。又等了一个星期，我重新申请了QQ，这一次抓住她了。不给她喘息的机会，我给她提了一连串问题：

做朋友就应该开诚布公，莫名其妙地不理不睬太小儿科了，你是怎么了？我做错了什么？还是别人说了什么？我们为什么不能好好谈一谈？

之后我就动情地回忆我们的友谊。记得艾红英滑冰还是我教的。好几个帅哥跟在我们后面追啊追，老酷了！还一个劲儿地叫："美女，美女，交个朋友吧！"我俩那个笑啊，都快笑疯了。

我回忆到这里的时候，忍不住又笑了起来，就传上五个露着一口大牙的笑脸。

但艾红英仍然不理睬我。

我接着批评她道：你说过我们俩的友谊一定是最长久的那种，因为我们彼此欣赏、喜爱，没有嫉妒，没有竞争。现在你却背叛了自己，真的让我痛心……我还没说完，她就突然关闭了QQ窗口下线了。

我也很倔强，我这么主动与艾红英和好，她却让我这热脸贴上了冷屁股，弄得我很没面子。我开始和艾红英形同陌路，互不往来。

从这以后，艾红英身上像上足了发条，谁也不理，只是一个劲儿地学习。

之后，她的学习成绩在班级里永远排第一。

中考时，我发挥失常，失去了升入重点高中的机会，随经商的父母做生意去了。

艾红英考上了省重点高中，我和她彻底失去了联系。

多年以后，在一次初中同学聚会上，我见到了艾红英，她现在已经是省城一所重点中学的教师。我和艾红英相拥着，双眼泪花闪闪。

我很委屈地问艾红英："当年你为什么那么狠心，突然不理我了？"

艾红英回答我说："因为你对商贩说的那句话，我是从小地方来的。"

很快，艾红英又补充说："不过，也是你的这句话，改变了我一生的命运。所以我要特别感谢你。"说完，艾红英主动和我拥抱，说："欣欣，委屈你了！"

我们哭得泪流满面。

不 染

高三学生杨直学习成绩很好，清华、北大任他挑选。

老师和同学都这么认为。

但杨直家的邻居们却不这样认为。

杨直的爸爸或妈妈每次开完家长会，回到家里就急不可耐地支起麻将桌，还一边忙不迭声地叫："开这么长的大尾巴会，耽误穷人半天工。"

被人连坐几庄，又抱怨："瞧瞧，这个背点，运气都让家长会磨叽没了。"

杨直家住平房，大门永远敞开着，隔着几条路的邻居无聊了也会奔来，图个热闹，在家不被允许抽烟，但在杨直家可以。

杨直家是老少屋，他住一小间。

杨直和父母房间的屋门隔着一个开放的厨房，但是屋内却仅有一道薄墙间壁，上面还有一个玻璃窗，不隔音，甚至烟气和人窝出的臭气都会从玻璃窗缝隙挤到小屋来。

当然，邻居们是看着杨直长大的，公认他是个好孩子。

两口子全下岗，吃着低保，心思都用在麻将上，骗几个昧良心的钱，过着不死不活的日子。

邻居老太太说起杨直就叹息："这孩子，天养活的。"

杨直有时听到了也不说什么，礼貌地笑笑就走过去了。

杨直心里想，他吃饭现在还要靠父母养活，但自己的心灵一定要自己"养活"。

杨直高一军训时，由于没有早饭吃，训练强度又大，晕倒了。他知道这样不行，虽然从小到大他几乎没怎么吃过妈妈做的早饭，但他知道，高中之后绝对不行。于是杨直开始自己做早饭。

几天的工夫，杨直就能熟练地做饭了，不仅自己能吃好，爸爸妈妈起床之后竟然也能吃上儿子温在锅里的饭菜了。

惹得邻居老太太又叹息："我话放在这儿，将来那两口子必是借上儿子的大光了。等着吧，吃香的喝辣的享福。"

偶尔得闲，杨直会径直奔向胡同口吴爷爷摆的象棋残局，坐在吴爷爷的对面一眼不眨地盯着棋盘。吴爷爷就一眼不眨地盯着杨直黑发浓密的头顶，悠然道来："贵人不顶众发。"

"我的头发很多。"杨直仍低着头。

"哈哈，孩子，这'众'字你道是'多'的意思？非也，说的是不顶着一般俗人的头发，不囿于一般俗人的困难！"

杨直抬起头来，目光炯炯地看着吴爷爷，两人就那么对望着，在彼此的眼睛里看到了自己。

转眼两年过去，杨直迎来了高考。

写作文时，根据材料，杨直本打算写一篇议论文，用著名的"天将降大任于斯人也，必先劳其筋骨……"做论据，就在要落笔时，杨直突然想起一件事，这件事让他改变了主意，写了一篇感人的散文。就在这个春天，杨直在小河边背单词，偶然看见一棵芽儿已经破土，但不幸的是，这棵嫩芽正好在一块石头下面。杨直心一凛，下意识伸手要拿开那块对于芽儿来说巨大的石头，但杨直最后还是把手停在了半空中。之后几天，杨直每天早晨必去看望那棵芽儿。他忧心忡忡，担心它会夭折。但第四天奇迹出现了，芽儿竟然掀翻了背上巨大的压力，并脱胎换骨，由一棵鹅黄羸弱的芽儿变成了一棵翠绿苗壮的苗儿！

杨直的作文得了满分。

杨直实现了自己人生的第一个梦想，考入了清华大学。

当然，杨直考入清华大学并不仅仅依靠他的满分作文。

丹阳的经历有点特别。

她在六岁之前是农村小孩，父母是城郊的菜农。六岁之后，菜地突然变成高楼，丹阳和父母就有了城市户口。

但是，丹阳和父母的生活并没有城市化。他们只得到一套两居室的楼房，只得到很少的钱。

的确是很少的钱。

那时候法律和监督都有太多的疏漏，农民卖地和卖地的钱都由村长或村支部书记做主。钱到底是多少？都到哪里去了？村民和村委会算不清楚，变成了一本永远的糊涂账。

长大的丹阳听爸爸说起这件事时，觉得很大部分原因取决于像爸爸一样的村民。

丹阳很不理解，爸爸上过学，为什么不识字。

爸爸说，自己整天泡在松花江里玩，学什么学。

爸爸只能写自己的名字，还写不好。这样的父亲能算明白账才是怪事。

丹阳住的小区里大部分是被安置的菜农。

丹阳在心里称他们为父亲们。那些辛苦的父亲们都和自己的爸爸一样不怎么识字。

所以，他们会说，老孔村长人不错。村子都没了多少年了，你看老秦太太死时，他还给安葬费了呢。

所以，现在已有众多产业的企业家——从前的孔村长，用他改不了的山东腔让他的老臣民猜一猜身上穿的衣服多少钱时，父亲们都露出艳羡来：三千元！皮尔卡丹！一件只盖半个屁股的西服上衣，就是长到脚踝骨也不值这么多钱啊。

丹阳这时候眼里总闪着冷冷的光，下次学习成绩一定要更好。

有人说，丹阳冷起眼睛时，很像她死去的妈。

这是丹阳心里的痛，她不喜欢别人提起。

妈妈和爸爸是同学，同样读很少的书，但不同的是，妈妈没有白读书。当菜农变成城市无业穷人时，妈妈带着村民开始上访。

上访到第五年春天的时候，上访的队伍里只有妈妈一人在坚持。她去做一个知情人的工作，必须走过正在跑冰排的松花江，她知道很危险，还是过去了，返回时，一块冰排沉了下去，妈妈再也没回来。

那时丹阳十一岁。

在之后的几年里，丹阳努力地回想妈妈平时跟她说的最多的话，竟然是：你要好好读书，好好读书。

想起这句话的时候，丹阳已经有了更多的理解能力，她知道读好书，自己就有智慧和能力解决一些问题。

这几乎是她学习的所有动力。

就在这时，她发现穷人有自己解决问题的方法。

秀秀，这个和她一样大的女孩子，突然穿起吊带黑纱裙子，大红色的高跟皮鞋，她纤细未发育成熟的身体和她衣饰焕发的风尘气息极不相称，但步态和表情已经完全失去了从前的样子。

秀秀变美丽了，但不自然，如同秀秀家突然好起来的生活一样，极不自然。

邻居的眼神荡漾着艳羡的时候，丹阳彻底糊涂了。

还有更糊涂的事情。

二柱在私营企业的工作台上失去了右手，律师帮他讨回十八万元的赔偿，但几千块钱的律师费，二柱却坚决不给。

双喜叔以收购旧家电为生，一次交易时顺手拿了人家梳妆台上全套的首饰，为此蹲了两年监狱。

这些人都怎么了？丹阳心里不住地问。

难道失去土地就失去了方向？难道没有钱就没了尊严？

高中三年，丹阳的脑袋里一直有这个问题。

有相当长的时间，她打定主意要学法律当律师，为妈妈那样的人讨回公道。

可是，在填高考志愿的时候，她突然改变了主意，这个品学兼优的女孩子在所有的志愿栏里，全都填上了和教育相关的专业。

穷孩子

穷孩子王小草赢了。

王小草考上了清华大学。

消息顿时在小城的大街小巷被人热烈传颂。

王小草生在一个偏远省份的一个偏远小城。

王小草的家真是穷，住在西十条路以外的棚户区，这里找不到一座楼，哪怕是三层的小楼。

王小草和爸爸、妈妈住着十平方米的小屋，只有一间房，做饭、洗脸、学习、睡觉都在这一间房。

王小草的爸爸蹬三轮，每天日出而作，日落而归。小草的爸爸是小城里蹬三轮车的人中最勤奋的一个，每天赚的钱也比那些人多。即便是这样，小草爸爸赚的钱也供不上妻子吃药。

王小草的妈妈有哮喘病，平时不说话，只有喝了汤药才有力气说得出话来。

王小草的爸爸、妈妈在夜里睡不着觉时，经常长吁短叹。只有看见在桌角旁学习的王小草时，夫妻俩的眼睛才放出亮光来。

王小草家的墙角，夏天长蘑菇，冬天长钟乳岩。

王小草家的灯泡天天都迷迷糊糊的，像高三学生总是睡不醒的眼睛。

人们还发现，王小草一年四季好像只穿一套衣服。确切一些说不是好像，是真的只穿一套衣服。

但王小草却有很多鞋。

王小草是聪明的孩子。许是穷则思变，他仔细研究过，四十元买四双鞋可以穿四个季度，也就是一整年，而一双四十元的鞋，只能勉勉强强穿一个季度零十天。

王小草家的天棚和四壁是白粉墙，没有占地方的家具。

王小草家穷得很干净，没有电脑、电视，更没有游戏机，当然也没有喜欢发出哗啦哗啦声音的滑板、旱冰鞋。

王小草考上清华大学后的一天，一群学弟学妹涌进王小草的家，炕上地下全是热切的眼睛和热乎乎的气息。

王小草长得很高。

学弟学妹仰望着他，问学习秘诀。

但王小草的回答让他们失望而归。

又一天，家里来了一位《高考指南报》的记者，在采访王小草时，又同样问到了学习秘诀。

王小草回答："专心。"

记者问："怎么专心？"

王小草说："不分心。"

记者再问："怎么不分心？"

王小草指指左，记者的眼睛和头跟着向左；王小草指指右，记者的眼睛和头跟着向右。

王小草在屋子里原地转了一圈，记者也跟着在屋子里原地转了一圈。

王小草最后仰头看着白白的天棚，长叹一口气，笑了，说："实在没有让我分心的东西。"

记者听后也失望地走了。

走后，记者不甘心地摇着头嘟囔道："怎么可能？只是不分心就能考上清华大学？不对，这孩子肯定是在保守秘籍。"

成人礼

学校举行成人礼这天，于小北起得特别早。

十八岁了，成年人了！

想到这儿，于小北心里有种别样的青春旋律在激荡着。

于小北唱着"我不想我不想不想长大，长大后世界就没童话。我不想我不想不想长大，我宁愿永远都笨又傻……"

于小北边唱边在梳妆镜前精心地打扮着自己。

在步入成年人行列的第一天，于小北要把自己打扮得像花儿一样漂亮。

于小北像蝴蝶一样飞到妈妈面前说："妈妈，从今天开始我是成年人了！古时成人礼仪男子加冠，女子加笄，我的成人礼妈妈送我什么样的礼物呢？"

妈妈说："你自己选一样吧。"

于小北笑呵呵地勾着妈妈的手指说："妈妈，一言为定。等我参加完学校的成人礼，妈妈带我去买。"

妈妈点点头。

学校的广场上，雄壮的国歌回荡在校园的上空，国旗缓缓升起。

庄严的时刻到来了，在领誓人的引领下，操场上两千多名学生高举握紧拳头的右臂高声念出自己的名字，霎时一股强大的青春的气息回荡在学校上空。

紧接着操场沸腾了，学生们雀跃欢呼："青春万岁！"

成人礼宣誓之后，学校宣布放假一天。

中午，妈妈带于小北吃牛排套餐。

饭后，于小北把妈妈带到真美首饰店。

在一节柜台前，于小北指着柜台里的菊花银手镯，告诉妈妈："我想要它作为您送我的成人礼物。"

妈妈脸上露出惊讶的神情："这个？成人礼？"

于小北满怀期待地使劲点着头。

妈妈看了一下这只银手镯，标价是 890 元。

妈妈又看了一眼于小北，唤来售货员问道："这只手镯打折吗？"

售货员说："打五折，折后价 445 元。"

妈妈又和售货员说："可以把那零头 45 元抹掉吗？"

售货员面有难色地说："这我得请示经理。"

售货员请示后，告诉于小北的妈妈，零头不能抹。

于小北的妈妈想想后，果断地对女儿说："走，回家，不买了！"

于小北带着商量的口吻说："妈妈，我喜欢，买吧！"

妈妈口气仍旧决绝："不买，喜欢也不买。"

于小北显然有些生气了，大声对妈妈说："您就那么在乎那 45 元吗？"

妈妈说："他商家都那么在乎这 45 元，我凭什么不在乎？"

于小北没再和妈妈继续争执，生气地跟在妈妈的身后，回了家。

下午，妈妈去上班了。

于小北躺在自己的小屋里生闷气。

于小北怎么也无法理解妈妈的这种行为，在她成人节的这一天，人生如此重要的时刻，妈妈仅仅因为 45 元，就不能满足女儿的心愿，这未免太不近人情了。

好长一段时间，于小北都不和妈妈说话，也没有在妈妈的脸上看出什么歉意的表情来……

于小北并没有忘记那只美丽的菊花银手镯。星期日补课经常路过真美首饰店，有一次她实在抵挡不住诱惑，进去看她的手镯，结果她朝思暮想的手镯不见了。

于小北非常伤心，甚至偷偷哭过。

于小北对妈妈的怨气重新鼓荡起来，她有些负气地想："妈妈不给我买，我将来自己买。"

日子并没有因为那只银手镯改变什么，但是时间是最好的润滑剂，不知不觉中，于小北的心情安定了下来。妈妈疼爱自己简直疼到骨髓里，就是有点抠门，没能满足自己的一个愿望，这又算得了什么呢？

于是母女俩和好如初。

转过年的夏天，于小北顺利地考上了南方一所著名高校。

临行前一夜，妈妈把于小北唤到近前，把银手镯戴到了女儿的手腕上。

于小北很是吃惊，刚要问妈妈，妈妈却用手势打住她说："那天下午下班前我就买下了它。当时没在你面前买，是想让你自己悟出一些道理。"

听着妈妈的话，看着手腕上的银手镯，于小北恍然大悟，懂得了妈妈的良苦用心，她知道了妈妈当时的行为是在向她传递一种信息。

妈妈送给她的成人礼太深刻了，会是她一生的记忆。

于小北这样想。

永恒的一顶星星亮

　　作为 60 年代出生的黑龙江人，我对铁人王进喜的敬仰和崇拜，不是一个说说就完了的轻巧事儿，而是一件非常重大的事情。即便说王进喜的事迹与我们的血肉同在都不为过。这一点，我不知道现在有多少人能理解，尤其是年轻的一代。但是，我可以笃定一点，无论时间如何飞逝，无论世界如何变幻，我们这一代人对王进喜的热爱和敬仰，不仅不会被时间消磨，反而会在我们漫长人生的洗涤磨砺中，留下永恒的精神引领与慰藉。

　　这里面到底有怎样的秘密，在参加这次"庆祝中国共产党成立 100 周年"龙江作家看龙江主题调研采风活动之前，我没有专门思考过。反正我们 60 年代出生的人，在成长过程中，总是有无数的英雄陪伴在身边：董存瑞、黄继光、邱少云、王进喜、雷锋、草原英雄小姐妹……有时候我觉得，我们这一代人已经习惯了仰望英雄，或者默默与英雄对话，与英雄对照着生活。不能想象，没有英雄的生活是怎样的。毫不夸张地说，展开我们人生的所有细节，无论是物质层面还是精神层面，整个世界对我们的影响，都不及共和国的英雄对我们的影响大。我们最初的世界观都是英雄帮我们确立的。我们必须承认，这的确是时代特色，然而也必须承认，它意义非凡。虽然我们或许终生都是一个平凡的人，但我们对这些闪闪发光的英雄一直怀揣"心向往之"。而且，我们对人性善的一面、对人性光明的一面，一直恪守着无限趋近的信念；我们对实现个人人生价值与实现社会价值的理念，始终围绕着"人人为我，我为人人"而贯穿始终。这些观念或者价值观，都是在崇敬英雄的背景下建立的。我相信我这样说，会得到许多"60 后"的共鸣。

　　说起王进喜，黑龙江人都知道，他就是大庆。只要提起大庆，就不能不想起铁人王进喜的形象。用现代人的说法，王进喜就是大庆的形象大使。正因为王进喜，大庆在我的心中，不仅仅是石油王国，更是精神圣地。这次采风，不是我第一次来大庆，但每次来大庆，我都有一种朝圣的情怀。曾记得，我还是一个孩子的时候，我的小学课本里就有王进喜的故事，他用身体当搅拌机的画面深深地印在我的脑海中；"石油工人一声吼，地球也要抖三抖"的嘹亮号子，不时会回响在我的耳畔；"宁可少活二十年，拼命也要拿下大油田"的雄壮誓言，总在我人生中暗淡的时光里，照进一股明亮的光束，给我继续前行的驱动力；而"青天一顶星星亮，荒原一片篝火红"的歌声，又给我注入了一股神奇的浪漫主义情怀和对英雄之美的理解。人们说，小时候背诵的诗歌会一辈子记得牢牢的，这情形就和你与英雄的缘分一样，或许，他们的形象并不每时每刻出现，但是他们以一种方式恒久地活跃在一个人的精神生活中。我相信他们的影响融入了我们的日常生活，尤其是在某些人生的关键时刻。

这次采风，重走了大庆第一口油井，重温了与铁人王进喜相关的历史场景，领略了大庆油田蓬勃发展的伟大成绩，我的内心感慨万千。实话实说，在某些时刻，王进喜的形象非常清晰地重现。而大庆油田翻天覆地的变化，何尝不是前仆后继、继往开来的大庆人的英雄壮举呢？所以，采风的那几天，我的情绪一直处于激动中，总是在默默做一件事情，那就是在奔波的、朝气蓬勃的大庆人身上，寻找王进喜的影子。

我过去对王进喜的生平了解不多，这次采风机会恰当，大庆市作协常务副主席杨铁刚赠我一套王进喜传记。除了参观学习之外，我差不多全部身心都在阅读这一套书。书中说铁人王进喜短暂的四十七年人生中，有二十六年生活在旧社会。他从小生活在艰难困苦之中，生活在被压迫的社会不公平之中。看到这里，我豁然开朗，或许正是超过人生一半时间的黑暗历练，让他有能力在之后的二十一年时间里，获得光明，找到真正的人生动力。没有共产党就没有新中国，成为他人生的指南。

采风已经结束一些日子了，但是我的心中依然荡漾着蓝天与白云、青松与辽阔的平原，这些大庆油田的场景。我知道，英雄无数，英雄的事迹总是附着在时间线上，呈现出不一样的样貌。它们发生的时间不同、人物不同、场景不同，但是有一点极有共性，并作为一种财富传承，那就是万代不变的伟大精神，它们将永远鼓舞人们不忘初心，砥砺前行。

铁人精神永在！

赫哲人的美好生活

去佳木斯采风的时候，正是天高云淡的季节，夏季还在，但是秋天已经酝酿一些日子了，远山苍翠遒劲，松花江湛蓝碧透。站在江边，美景尽收眼底，心情疏朗适意，我心里感叹，赫哲族兄弟在这样一片美好的大地上生活，多么幸福啊！

一个民族气质的形成，大抵和他们所处的生活环境相辅相成，这样大气蓬勃的自然环境，必然造就赫哲族勇敢、坚毅、乐观、坦荡的性格。

赫哲族是东北地区一个历史悠久的民族，主要分布在黑龙江、松花江、乌苏里江交汇构成的三江平原和完达山余脉，集中居住于"三乡""两村"，即同江市街津口赫哲族乡、八岔赫哲族乡、双鸭山市饶河县四排赫哲族乡和佳木斯市敖其镇赫哲族村、抚远县抓吉镇抓吉赫哲族村，人口数为5354人（2010年），是中国人数最少的少数民族。我们此次去采风的地区是同江市的街津口，这个赫哲族乡就在黑龙江边一个非常美丽的地方。赫哲人摇曳多姿的生活，在这里可以近距离地接触和感受。

我们参观体验的项目很多，我最感兴趣的还是赫哲人创造美好生活的能力。我非常喜欢他们在衣食住行中体现出的聪明智慧和艺术感染力。历史上同江的赫哲人主要从事渔猎活动，所以，他们在生活中擅长鱼皮制作。我们参观了展览馆，对赫哲人的鱼皮制作工艺赞不绝口。在我看来，用鱼皮做衣服几乎是不可想象的，但在赫哲人手中，坚硬粗糙的鱼皮，变成一件件充满艺术气息的衣服，仿佛他们手中掌握着一根魔棒，一切变得极有想象力。看着成衣上面古朴大方的云纹和边缘的装饰小件儿，我不得不感叹赫哲人对生活的创造力。更令人赞叹的是，赫哲人的创新能力持久而且从来不乏激情，他们制作的鱼皮画，更是异彩纷呈，多姿多彩，从中可以看到历史的图腾传承和新生活、新世界的新创造。参观这些画作，仿佛徜徉在一个神奇的世界，令人心生感佩，流连忘返。

谈到衣食住行，赫哲人的美食更值得一说。赫哲人以他们对生活的热爱和感悟，为吃货准备了一份难忘的菜单。此前，我也多次去过街津口，对赫哲人的美食并不陌生。赫哲人最具特色的美食当首选杀生鱼。赫哲人制作的杀生鱼，看起来简单粗暴，但却极其鲜美而健康。比如在夏、春、秋三季，把活鱼的鱼肉剔下，切成薄片，蘸醋和食盐食用，鱼肉最原始鲜美的味道在舌尖儿上盘旋，那真是十分美妙的享受。这种美食有一个很酷的名字，叫"拉布特喀"。在普天下都在烧烤的今天，赫哲人也有一份特别的烧烤贡献给吃货。他们把新鲜的鱼肉切成连着鱼皮的薄片，用鲜柳枝串好，旺火烤至三四分熟，蘸醋和食盐食用，真是满口生香啊。这种烤串也有一个独特的名字，叫"达勒格切"。还有一种生鱼的吃法更有特色，只有在酷寒地区可以品尝到，那就是冻鱼片。将去皮的冻鱼用快刀或者刨子，削或者刨成很薄的冻鱼片，蘸醋、盐或者辣椒油食用，这种美食叫"苏日阿克"。这种美食的样子也非常美，仿佛卷曲的花瓣一样。只可惜季节不对，这最后一种美食这次没能体验到。但是，不能不说正是这种遗憾，给我们留下了再来的理由。

采风回来之后，我居然一度不能适应城市生活了，满脑子都是美丽的松花江和美丽的黑龙江，以及世代居住此地、善良聪明勇敢的赫哲人。这两条大江不仅是两道美丽的风景，也是赫哲人创造美好生活的载体。祝福黑龙江，祝福赫哲族兄弟们！

闲话旅游

我曾对许多朋友说，旅游于作家（其实也包括各行各业的人）来说，就是感受一道文化灵光，很多的生命感悟或平时解不开的疑惑，都可能在旅途中被那一闪而现的文化灵光点开，使你茅塞顿开，感受生活给予我们的很玄奥的真谛。

当然，这种感受要求行者必劳其"心力"。否则，仅仅是麻木地看看风景，喝几顿大酒，吃几种当地的名小吃，那可就真的是徒劳而返了。

所以，卢梭说："一个人抱着什么目的去游历，他在游历中，就知道获取同他目的有关的知识。"

当然，这也并不是一概而论。

现代旅游一是享受性，二是知识性。

享受性是指精神愉悦："临清风，对朗月，登山泛水，意酣歌。"

知识性即对异地风情与文化的阅读。

据此可以理解，旅游是一件各取所需的事情。

其实，每一个城市都有自己的风格与文化背景。

澳门，由于它独特的地理位置和历史渊源，澳门的文化主要是以中华文化为主兼容葡萄牙文化的具有多元文化色彩的共融文化。

2001年6月，我经香港抵澳门。那是一个夜晚，我行走在澳门南湾区的一条石铺的小路上，我的思绪在夜晚温热的风中弥漫着，仿佛走进了历史。在感受这个城市历史变迁的同时，我突然觉得这个城市留给后人的责任是重大的。

澳门历经数百年的沧桑，中外建筑及街区小巷，现都已成为凝固的文化。这里的一砖一瓦、一街一巷都有丰厚的文化底蕴。

历史的原因，这种城市文化形成了独特性，给人的感觉是不一样的。

我是一个十分喜欢旅游的人，每年的夏天我都要出去走一走。如果时间允许，就安排一次远行；时间紧凑，就在省城周边的市县转一转。

去年秋天，我到小兴安岭旅游。

这里林海浩瀚，古树参天，草原肥沃，湿地辽阔，河溪纵横。

白天，我行走在景色中；夜晚，我开始记录行走笔记。

出游的几天中，我的心一直被绿色的山脉浸润着、包裹着。

这里的秋天很美，天高地阔。

这里的人纯朴热情。

面对原始生态的森林，心灵得到一次刷新，一下子纯净而美好起来。

一个写作的人，应该经常到这样的地方走一走，看一看，我想我们就知道怎样写作了。

旅游是快乐的。在行走中，我们有了足够的思考；在行走中，我们摆脱了俗事的纠缠。

城里的月光，把梦照亮，而城外的月光则让人的梦更加澄明。

有时，我甚至想，将来退休后，举家迁到城外的乡下，自己种个菜园子，养点鸡、鸭、鹅，然后在宁静淡泊的田园生活中，继续我的创作生涯。

家风可立身

听我母亲讲，我们家从山东闯关东落户黑龙江时，发生过一件事。

当时父辈兄弟三人一同来到黑龙江宾县，立足未稳，即遭遇水灾，全村陷入困顿，家家缺吃少穿。一天深夜，张二爷突然被鸡叫声惊醒，以为黄鼠狼乘人之危又来偷鸡，冲出门，正遇窃贼在鸡窝行窃。窃贼听见动静，慌乱中丢下手中之物，趁黑逃跑。张二爷将其所遗之物拿进屋中，点灯一看，是个布袋子，里面装着张家两只芦花母鸡。张二爷把母鸡放出之后，再看布袋子，发现上面印着三个大字——敦本堂。前些日子我大伯去借张二爷一斗玉米，用的正是这个袋子！

"敦本堂"是我们这一支袁氏的堂号。那时候，家族堂号是一个标识或者符号，更是一个家族自我建设的动力，也就是家风和对外立身的信誉。

第二天一早，张二爷拿着空袋子到了我们家，也不说话，就放在了地上，又看了我大伯一眼，鼻子哼了一声，扭头走了。大伯傻眼了，赶紧打发我父亲去查看，父亲发现我们家的布袋子的确不在了。大伯当时就哭了，说："这人丢不起啊。"我父亲说："丢什么人，又不是我们干的，袋子这不是让人偷走了吗？"我大伯说："谁知道是这么回事啊？咱们百口难辩！"大伯哭得很伤心，感觉对不起老祖宗，没有保护好家族名声。说着，大伯就叫我父亲和叔叔收拾东西，回山东老家去，不在此处丢人现眼了。我父亲一听，急了，我们是敦厚本分之家，不能就这么不明不白地受冤屈。父亲掉头出去了。他要把这件事调查清楚！

当时正是阴历九月初，早晚有霜冻。夜间野兽出洞都会留下足迹，人畜如果晚间活动，踩出的痕迹也会像石膏一样凝住。父亲仔细查看，循着一趟可疑的足迹追出了村子，沿着山路一追就是十几里，到了另一个屯子。那天半夜时分，父亲带着两个人回来了，一个中年男人，一个十几岁的半大小子。三人直奔张二爷家。原来，事情是十几岁的半大小子干的，中年人是他的父亲，一起过来赔罪来了。

这件事的结果不说大家也能猜得出来。我们家和张二爷家的嫌隙弥合了，而且成了世交，当然，这是后话，此处不必多说。这件事非但没有给我们家族抹黑，反而为我们家族赢得了好名声，村民一下子就接受了我们家。水灾结束之后，我们家以敦厚本分立家，以勤劳善良立本，很快赢得了远近邻居的信任，开荒种地，挣得了一份不错的家业。而且，当时从山东来时，只有大伯一人娶亲，经过几年打拼，我父亲和叔叔都娶妻成家。就这样，我们家不仅没有退回到老家山东，而是深深扎根在黑龙江了。

这个故事我们常常听母亲讲起，起初也没当回事，以为母亲岁数大了，爱唠叨了嘛，或者就是东北人常说的"瞎话儿"，没怎么往心里去。多年之后，我回头反观，竟然惊觉自己一直以敦厚本分为人生最高原则。这才明白，母亲从来没有将这个事当成闲话。正是母亲的故事，化作涓涓细流，濡养了我的身心。

父亲母亲只生养了我一个儿子，我的大伯和叔叔也都有儿子，我们这一辈的兄弟我排行为二。前些时候回老家看望叔叔，听说我回来了，无论是家族的人还是外姓人，都聚在叔叔家聊天，一派其乐融融的景象。这让我深深感到，真正绵长悠远的家风，是多么动人的一种传承啊。

信仰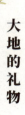

　　哈尔滨的冬天冷得厉害，我自己是个车盲，所以从来没有考虑过买个车驾。我每年冬天最寒冷的两个月都是包一台出租车，连续几年都这样。

　　也许是出于作家职业的敏感，我是喜欢交往的人。所以，每年包租的司机都刻意换成新面孔，听他们讲各种不同样式的故事。有趣的是，我今年包租的司机和我一个姓氏，没几天，我们就成兄弟了。

　　我问他是怎么开上出租车的。

　　他说："大哥，那你说，我干啥呢？我总得干点啥吧？"

　　也是啊，我哈哈笑了。

　　他叫袁辉，也是个爱说话的人。相处没几天，我就知道他的一些故事了。

　　刚开出租车那会儿，袁辉还没有适应出租车司机的工作，每天工作十个小时左右，精神高度紧张，他有点吃不消。实话实说，似乎也不是体力难以承受，那时候他刚刚二十五岁，血气方刚。不适之感在内心，说不清是一种怎样的情怀，委屈、恐惧、疲倦、兴奋、沮丧、快乐、脆弱、对未来的憧憬，交织在一起，需要温柔的爱和呵护来安慰。那时他已经结婚，妻子那段时间没有工作，袁辉回家有一种渴望，企盼一进屋，家里暖融融的，妻子微笑着迎上来，给他拿拖鞋，脱外衣，然后端上可口的饭菜，一瓶啤酒，两个人相对，一边说着一天遇到的事情，一边享受家庭生活的温馨幸福。

　　可是，也许因为年轻，这一切并不存在。

　　袁辉疲倦地回到家里，发现家里安静得出奇，冷清得出奇。袁辉去厨房转了一圈，回来问妻子：

　　"没做吃的啊？我们吃什么啊？"

　　他自己都不知道怎么回事，出手痛打了妻子一顿。这件事的后果是，妻子和他离婚了。

　　离婚后的很长时间，袁辉都很迷茫，很寂寞，直到有一天——

那一天，袁辉在果戈里大街拉到爷孙俩。爷孙俩穿着很干净，但是衣服很老旧，一看就是生活不宽裕的样子。爷爷七十岁开外，孙子十岁多一点。爷爷一脸热汗地把孙子抱上车——孙子下肢瘫痪。两人去防洪纪念塔看松花江。车上，小孙子说：

"爷爷，我还是想吃香肠、面包。"

爷爷劝孙子说："爷爷不是跟你说好了吗，看大江，吃香肠、面包只能选一样，爷爷没有那么多的钱呀。"

袁辉听到后，转了下头对后面的爷爷说："大爷，车钱我出，免费送你们去看大江。"说完，他就选了一个商店停下来，让爷爷去给孙子买香肠、面包，然后把他们拉到防洪纪念塔。袁辉停下车，抱起小朋友一直送到大江边的椅子上，又跟老人约好，两个小时后来接他们。两个小时之后，袁辉履行承诺，又把小朋友抱回车上，送回果戈里大街。

车开出很远了，从后视镜里，袁辉看见爷孙俩还向他挥手呢。

这件事情让袁辉得到了自己都没想到的快乐和安慰！因为这件事并未影响他的生活，他的心中也没有任何羁绊。袁辉感觉很舒服，他对信仰没有更多的思考和了解。但是，他开出租车，出租车上几乎就是个小宇宙；他见过的事情多了，帮助别人，举手之劳，送人玫瑰，手有余香，这是实实在在的双赢。

受这件事的启发，袁辉找了几位志同道合的人，组织了"爱心车队"开展志愿活动，不定期地开展一些慈善活动。例如，春节期间慰问空巢老人，和他们一起包饺子过年。去敬老院帮老人洗脚、洗头，和他们聊天。后来爱心车队的影响力越来越大，竟然发展到五十辆出租车了。六一儿童节，袁辉组织五十辆出租车去星星儿童福利院，拉上所有的孩子去太阳岛玩了一天。

袁辉的生活走上了正轨。他又结婚了，妻子是福利院的老师，一个心地善良的女孩。他们很快有了自己的孩子，两口子互相关心爱护，是人人都夸的好夫妻。他们对双方的父母也特别孝顺。

现在，袁辉的生活过得很好，内心安定又快乐。

"我呢，没有条件做更多，只不过把抽烟钱用在帮助别人这件事上，虽然微不足道，可是心里很满足，很快乐。"袁辉重申了一下，像是怕我不信似的，"哥，我从来就没这么踏实过。"

然后他问了我一个问题："哥，你说那是怎么回事呢？我为什么这么快乐？"

我告诉他："这也是一种信仰啊！你的行动正暗合了孟子的主张：老吾老以及人之老，幼吾幼以及人之幼。"

袁辉一时没有明白什么意思。我解释给他听："孟子告诫人们，赡养孝敬自己的父母时，要关心与自己无亲缘关系的人的父母，抚养教育自己小孩的时候，要帮助与自己没有血缘关系的小孩。这是一种尊重人性的爱，由己及彼，让爱洒满人间。"

袁辉一听，乐了，用手拍了一下方向盘，笑呵呵地说："哥，正是这个意思，我说不出来，但是，懂！"

第一辑 大地的礼物

不落的风景

为赶一家杂志社的约稿，又熬过一个通宵。

此时，倦意袭来，敲字的手指有些僵硬。

于是，离开电脑，起身到阳台上舒展一下筋骨。

推开窗，外面是蒙蒙的细雨天。

夏风裹着细雨将不远处教堂唱诗班的歌声传递过来：哈里路亚，哈里路亚……时断时续，深情而悠长。在迷离的雨雾中，有撑着鲜亮花伞的人在行走。

行走一直是人们生存的一种方式。

我这样想着，返身回房间用冷水擦了几把脸。从冰箱中找出一小罐冷咖啡，再坐在电脑前，人顿时精神了不少。在大脑的授意下，勤奋的手指又开始了有节奏的敲击。

我想，只要写作在继续，只要文字的精灵一直在舞蹈，上天赐予人类最可贵的能力——梦，就永远不会停歇。

在儒勒·凡尔纳的小说中，人们创造了潜水艇，登上了月球。那是十九世纪的梦。当他在《海底两万里》当中虚构的电视出现时，谁会相信，那一个爱在床上幻想的少年的梦竟然成真？

怀着梦，纵横捭阖、指点江山；怀着梦，上天入地、神游故国。

于是，从郝思佳到杜丽娘，从俄狄浦斯王到麦克白；从浮士德到堂吉诃德，从玛丝洛娃到伊豆的舞女，哪一个不动人心魄，哪一个不让人魂萦梦绕？

张爱玲在《中国的日夜》一文中有这样的感叹：时间与空间一样，也有它的值钱地段，也有大片的荒芜……有一位来自古刹的道士，带着他一钱不值的过剩时间，来到大都市里。周围许多缤纷的广告牌，店铺，汽车喇叭嘟嘟鸣响；他是古时候传奇故事里那个做黄粱梦的人，不过他单只睡了一觉就起来了，并没有做那么个梦——更有一种惘然。

有梦，置身其中的世界才会变得完美。无梦，心灵便会生出荒芜的野草。

所以二十世纪的世界，除了战火和痛苦之外，除了富足的物质文明之外，还有更多的人期待梦的到来。

　　寻梦者说文学是一种安慰，安慰那些为现实所困的人们。

　　文学是一种伤口，是那些疼痛着的心灵的剖白。

　　文学是一种力量，让心怀信仰的人们执着无悔。

　　时代在变，生活在变，梦也在变。不变的是心中那道不落的美丽风景。

长春，我忘不了的一座城

对长春最初的认知，我想许多人也许跟我一样，是因为太有名的"一汽"，还有坐在电影院里看电影的日子，看银幕上打出的那行字：长春电影制片厂……这些让我模糊地感觉到，长春是一座可以打造梦想、展开梦想的城市。

曾经一次次看街上威风地跑过"一汽"的解放牌卡车、红旗轿车、东风轿车；曾经热血沸腾地在电影院看《平原游击队》《董存瑞》《上甘岭》《钢铁战士》等一部部经典，这些记忆刻骨铭心，难以忘怀。

一个自然人生活在某一城市或相邻某个城市，对于其生活片段或一些掌故可能耳熟能详，但要真正了解、整体把握一座城市却不容易。

多年以后，因为文学，因为一个人——我的挚友于德北，让我与长春这座城有了多重交集。从此，我把心扔到了这座城市。因为文学，也因为这座城里的朋友，我对长春的情感由浅入深，由深渐浓。

2004年8月中旬，我的一本新小说选集《弯弯的月亮》出版在即，应北方妇女儿童出版社之邀，我赶往长春完成后期的编辑和审校工作。

在编辑和审校间歇，我与德北、红姐、阿芒和国华等长春文学界和出版界的朋友一起来到净月潭。长春的净月潭是颇出名的度假村，拥有亚洲最大的人工松林，其间黑松、油松、樟子松、火炬松等茂密交错，一眼望去，无边无际，碧海茫茫。我们搭乘一台"面的"，在林海中穿行了很久。在松林深处，时有飞鸟自眼前掠过，并留下惊鸿一瞥，让人无限流连。

正午，阳光似火，净月潭边吸引了许多戏水的人，看那些穿着泳装的婀娜身姿，很是养眼。从前只以为哈尔滨多美女，原来长春的女孩也毫不逊色。面对美景佳境，举杯邀月，谈天说地，惬意非常。

入夜，我们一行人在微醺状态下，一路谈笑着离开沙滩，返回住处。我们住的地方是一栋别具风情的木结构小阁楼。入睡前，德北告诉我，如果能在凌晨三四点钟醒来，不但能听到阵阵松涛的歌唱，而且，此时若推开窗，还能闻到松树独有的芬芳，沁人心脾，久久挥之不散。

长春这一年的夏天，我一直记得。还有这个美妙的夏夜，夏夜中城市的鲜活、热闹和流动的气韵。那一晚借着文学的篝火，我们又体验了一把重回青春的感觉。

作为一个东北人，一个东北籍作家，我对东北城市历史人文就真的比别的地方、别的国家的人了解得更多吗？对此，我常常困惑。

因此我多次造访长春，带着自己的困惑尽可能地在城市间游走，增加一些对它的了解。长春最打动我的是这里的人内心的情怀与温暖，这种情怀与温暖总是能够辐射更多的人。

2008年6月5日，我一脸怅然地坐上中巴赶往长春。红姐的老父病故，我赶着去那里参加她父亲的葬礼。红姐即冯晓红女士，是北方妇女儿童出版社的编辑。与红姐交往多年，我觉得她是一个特别真诚的人，对朋友尽心尽力，对父母非常孝顺。想来老父的离世对她的打击一定很大。作为朋友，我希望此行能带给她些许安慰。

看着窗外的风景，我心中的忧烦渐渐淡去。车终于驶入长春市区内，大雨过后，城市变得窗明几净，像一张洗得透亮的脸，就连街上的人也显得格外精神。这让我想起德北和他的那篇小说——《光洗白了的城市》，在德北的这篇小说中，有他生活在长春的影子，他对这座城市充满了挑剔、依恋与深深的爱意。因为有德北在此生活，所以这个城市并不让我感到陌生，甚至每次来都会带走一些温暖的记忆。

车抵达长春，德北早早等在车站了，还是那副老样子，我们相见并无寒暄，但透过彼此的眼睛可以看到深深的关切与说不出的欣喜。等见了红姐，我发现她竟憔悴苍老了许多，面庞有些浮肿，精神颇为不振。见了我，还没等开口说话，她的眼睛就湿润了。我抓住她的手用力握了握，希望红姐能够明白我要说的话，一切语言都在这一握之间了。

我想起当年母亲过世时，也有朋友这样用力握过我的手，让我感受很大的慰藉。翌日，我和德北还有许多长春的朋友一起伴随红姐，送走了她的老父。

"一个城市最好的标识，是这个城市里的人"，这句话恰好印证了我对长春的感受。长春是一座能让我清晰地感觉到它的体温的城市，是一座充满人情味的城市，因为这座城市里有带给我许多温暖和关切的热情质朴、真诚坦荡的友人。

后来，因写作和出版等事宜，往来于长春的次数渐渐多起来。对一座城市的历史经纬、建筑文物、风土人情了解得越多，内心的感受也就越深。从纸面的意思看过去，从人情的温暖中穿回来，你再抬眼低首看一座城时，就有了不一样的感觉，就有了崭新的视角。在我的印象中，长春是一座秀外慧中却又不乏大气的城市。

有人说每座城市都有其脾性，每个人都有其喜好，最终决定一个人爱上一座城市的，不过是许多暗合其性情和原则的细节的堆积。这些年走过的城市不算少，但真正能在心里留下记忆的并不多。长春便是能够让我留住记忆的城市之一。去别的城市，只要途经长春，这里的朋友们就一定不会放过我，一定要我做短暂停留，把酒叙旧。那份热情与牵挂就跟这座城市的名字一样，在我心中构建起一个春意常在、生机盎然的理想国。

记得已过世的作家阿芒在提起自己生活的城市长春时，说过这样的话："你在这座城市生活一辈子了，落地生根，离不开了。你会爱它，也会恨它，它早已是你生命的一部分。"一座城市所传达的情感和所呈现的气质，会让人与城贴得更紧，靠得更近。有的城市可能一生都忘不了，那里有你所经历的亲情、友情抑或爱情，那里铺展着你对生活的梦想，你在那里遇见过人世的美好与真情。

长春便是我忘不了的一座城。

天茂湖记

国庆假日后，应友人之邀去了一趟长春新区天茂湖。正是满眼秋色的季节，广袤的东北平原上，秋色浩荡纯美，上帝之手神奇无比。这样的季节宅在家里简直就是愚蠢加罪过。所以接到邀请，我欣然应允。

其实，我本来就和长春有缘，这些年哪一年不来长春几次呢？因为总有事情发生在长春，要去办理。长春有许多朋友，更主要的是长春是个好地方，"物华天宝"像是专门为它设计的似的，而近几年，长春的创新能力更是从方方面面展现出来，更让这个城市在保持传统优雅的同时，焕发出新的活力。所以，对天茂湖我是早有耳闻的，只是没有亲自去体验。这一去真是大开眼界，用现在流行的一句话描绘，真可以说是：知道有个天茂湖，不知道的是原来你是这样的天茂湖。

天茂湖居住区总占地 260 万亩，180 万亩生态公园，60 万亩湖水，堪称东北最大的富豪聚集地，拥有最全产品类的别墅区，涵盖所有别墅类型：类独、双拼、小联排、大联排、创新、合院、别墅洋房。走进天茂湖区，用一句话来说就是高端大气上档次。现代化的居住理念和服务设施，加上原生态的自然环境，呈现了近乎完美的人类生活环境。作为一个参观和体验者，我已经流连忘返了。

一路参观体验，一路观察思考，我感觉天茂湖项目的设计理念和中国文化非常合拍。中国人对房情有独钟，实际上并不是简单的生存需求，这里面包含着中国人信奉的"家国伦理"。正是家国伦理，让砖瓦木造就的遮风挡雨的房屋，寄托了中国人的精神理想，使中国人把家、房子看成最终的情感归宿地，因此在住房消费上有着强烈的愿望。一般来说，喜欢在住房上投资的人，大都是有责任感、使命感，以及在生活中善于担当的人，是家里的顶梁柱，因为他们给家人营造了安定舒适的生活。有一首歌唱得好：没有家哪有我——家是我们的来处，而我们知道，一个家庭的使命，就是使孩子好好成长成才，送他们走上光明美好的康庄大道。这里面有一个不言而喻的道理：只有好的来处，才有好的去处。事后想一想，这才是我这次天茂湖之行最大的收获。

孟母三迁，我们过去只关注孟母选择邻居这一个环节，而忽略了她在居住环境上的选择和付出——谁说邻居就不是居住环境呢？现在看来，这个故事是有留白的，它暗示了居住环境和邻居的关系。我猜想，以今天的眼光看，孟母如果活在当下，她就会毫不犹豫地去银行贷款，选择天茂湖居住。这么说，看起来像是幽默的玩笑话，实际上并不是，在物质生活相对丰富的今天，观念的陈旧与现代，才是人生活品质高下的分水岭。只有那些观念先进的人，才能掌握先机，获得人生丰厚的回报。这样看来，孟母除了是一位伟大的母亲，也是一位优秀的投资者。

天茂湖这块风水宝地，我们的新生活从这里开始，这是毫无疑问的。

前世今生，和那一片苇海的未来

这一片苍茫苇海入世的方式十分震撼。

他东西宽28千米，南北长130千米，就像天神的巨型大道，向人间铺展而来。他似乎对自己并无禁忌，也不想克制，就那么尽情地挥洒、蔓延。那气势让你读得准他的性格，他就是那么恣意，由着自己的性子生长，于是长成一片海洋。此时正是东北的深秋季节，略近于黄昏，西方金黄一片，放眼一望，世界都在浓墨重彩之中。壮阔的苇海现出苍凉与雄奇互为衬托的和谐之美，夕阳的余晖中，芦花荡漾，缥缈如烟，弥漫着一股神秘气息，让你隐隐有一种追溯，或者一个憧憬，那永远回不去的亘古洪荒，是不是就是这个样子呢？

当我站在苇海面前的时候，我最初的想法就是这个。

然后我就想，这样的热情奔放，这样的大气磅礴，似乎不能仅仅作为一个景致存在于人间，这应该是一种标志、一个契机，甚至是一种方法论。果然，一个叫作兴隆台的地方选择了他，也就从此选择了不平凡。

现在想来，2016年10月，我如果不参加友人邀请的盘锦采风活动，我就不知道兴隆台这个地方，也就不知道这一片苇海。一切似乎都在冥冥之中注定了，只是我们并不知道里面的所有细节罢了。或者，真的需要一个契机，才能彼此走近。

兴隆台位于辽东湾北岸，是盘锦市的一个区。别看它只是一个成立于20世纪80年代的中等城市下辖区，却有自己复杂而丰厚的历史。它古属幽州，汉属辽东，晋属高句丽，唐属渤海。明清时期更是命运多舛。只说明朝洪武年间，为了防御北方女真族修筑边墙，建造边堡和烽火台。随后明朝灭亡，清朝入主，此地一烽火台失修，东南角受雨水冲泡出现窟窿，老百姓便顺口称之为窟窿台，因此出现了窟窿台村的称谓，直到清咸丰年间，才按谐音给它一个吉祥的名字：兴隆台。进入近现代之后，兴隆台的命运又增加了浓重的一笔，日本侵略，民族危难。我追思至此，总是立马在眼前现出那一片浩瀚的苇海。沧海巨变，但苇海却是万古不变吧？他或许以明月为眼，以荡漾起来的苇海波浪为心绪，诉说着世间的变化和他的思索与叹息。

我也注意到兴隆台的地质结构——这纯粹是我个人的业余爱好。兴隆台潜山由太古界结晶基底和上覆中生界沉积岩、火山岩类所构成。这并不是我要叙述和观照的细节，但我很喜欢"太古界"和"中生界"这两个专业词汇。在我眼里，它们也是一种可感、附着形象和情感的文学意境。就像那片深深刻入我心田、亘古不变、生生不息的苇海一样，充满了诗情画意和丰富的人文印记，一同从远古而来，走进现代。我承认，这一片苇海的意义十分重大。我认为他类同于巴黎的铁塔、纽约的自由女神像，不仅仅是一处风景，更是一个地标，一个文化的通道。只要你见到苇海，就见到了兴隆台，反之亦然。当然，你断不会以为兴隆台只有苇海，我的意思是，苇海是你认识兴隆台、走进兴隆台的一个美好的因缘。

当然，兴隆台远不仅如此。

兴隆台的历史在全国解放之后呈现勃勃生机，然而仿佛它有一种天赋的动荡命运，仍然在变化。但它的变化不再是悲苦和无奈的，它变得越来越好，越来越有力量。尤其是跨入新世纪，最近这五年以来，社会发展和经济建设进入快车道，"母城""油城""临港沿海依河"的城区定位，给兴隆台插上了一双有神力的金色翅膀，使它以一种昂然之势飞冲翱翔。看看兴隆台人民交出了一张怎样的答卷吧，就连我们外乡人都心潮澎湃了。"十二五"期间，全区累计实现生产总值1668亿元，是"十一五"期间总量的3.3倍，年增长率为12.4%。全区综合实力持续排在全市县区之首，跨入全省城区第一方阵。

这真是一个神奇的地方！当我走在千米长的栈道上，与苇海近距离接触，当我站在瞭望塔上迎接那澎湃的芦苇"海浪"扑面而来时，心中会有现成的词汇喷薄而出：物华天宝，人杰地灵！这充满美与创造力的词汇，仿佛就是为着兴隆台五十万勤劳智慧的人们而制造的，他们值得拥有这样的赞誉。

同时，我也思考，自然风光和人的关系可能蕴含着一种优雅的逻辑，它们不是递进关系，也不一定是并列关系，它们呈现着一种因果，一种互为依赖、互相成就的因果关系。大苇海名扬全国，造就了最美的湿地公园，也造就了具有高品位审美能力的兴隆台人民。这样看来，获得2016年中国文化创意产业十大新锐园区称号的辽河国际艺术区，就是这种因果生成的最美例证了。

漫步辽河国际艺术区，开启美的旅程。它总面积5平方千米，东起芳草路、西至林丰路，北起兴油街、南至友谊路。在这样一个范围内，坐落着辽河美术馆、辽河画院、艺术梦工厂、广厦艺术街等艺术场所和艺术产业。这里是我最喜欢的地方。我很佩服兴隆台人的勇气和创意能力，我猜想，这二者缺失一项，这个美丽的园区都不会存在。这里是个怎样美妙的地方呢？它是包容的，给各种艺术家、各种理念以全方位的理解。高雅的艺术家和淳朴的民间艺人在这里都可以找到自己的空间，有自己施展功力的舞台。它是个性的，你走在大街上，风格绚烂的建筑、名号和个性装扮的艺术家、游客相映成趣，可看可感。它又是周到的，它给所有奔它而来的人们准备好了一切。"互联网＋文化＋旅游＋服务业＋艺术创客"的总体思路，激活了这片热土，这里浓浓的艺术氛围和亲切踏实的人间烟火融合得天衣无缝。如果你是一个走入迷途的艺术家，你可以在这里找到灵感；如果你希望有一场纯真的艳遇，还有哪儿比这里更浪漫呢？而且，说不定，你懵懂着闯入艺术街，并不知道自己的梦在何方的时候，另一股寻觅的清流也在路上了，你有可能被迎面而来的机会选中。这是一个伟大的时代，一个黄金时代，谁知道机会都深藏在哪里呢？又有什么不能发生呢？

我个人最喜欢的地方是地域文化特色馆。这所具有独特艺术特色的馆所在的艺术梦工厂板块，使芦苇编织技艺发展成一种美妙绝伦的艺术。芦苇草编艺术品共有五百多个品种，无论是谁，都可以在此处找到你喜欢的那一款。徜徉在芦苇草编艺术之中，我真是感慨万千。那千百年来循环往复生生不息的芦苇，那造物主的神来之笔，真的蕴藏着无限生机和万般大爱。

兴隆台的苇海，苇海的兴隆台。兴隆台没有苇海，那是不可想象的，苇海没有兴隆台，他的光彩怎么会照耀和播撒呢？

此刻，我在想，明年的阳春三月我要再一次去兴隆台，再一次去苇海。我似乎已经感觉到那翠绿的海洋、天空的鸟阵和生机盎然的一切！

祝福兴隆台！

让我们诉说你的风情

——写给北大荒

旅人在路上，你一直以好奇寄居在我心上。携着对你的想象与种种猜测而行，我知道，这注定是我2010年一场不同寻常的秋天之旅。

从三江平原到燕窝岛，从佳木斯知青安养中心到北大荒航空站，从万亩稻田到大农业机械化工具，从兴凯湖到珍宝岛，再到寒疆果都万亩基地，一路走来，满眼风光无限，满怀欣喜悸动。这里的人物充满传奇，这里的岁月写满不凡。

这里，有十四万复转官兵、五万大专院校毕业生、二十万内地支边青年，以及五十四万城市知识青年，留下了他们当年奋斗的足迹。

亘古荒原上，他们献出了青春热血，还有宝贵的生命。

六十多年过去了，三代大荒人创造了这片土地上的惊天奇迹。这里不再是蚊虫成群的荒野和低矮的茅屋，已经变成拥有成群别墅、中心广场、水上公园、溜冰场、喷泉、雕塑及各类休闲亭楼的乡间都市了。

北大荒，我重新认识了你，感悟了你。

北大荒——中华大粮仓。你真的无愧于此称号。

一望无际的田野里，到处响着《中华大粮仓》的旋律：

美丽北大荒，塞外鱼米乡。

富饶北大荒，中华大粮仓。

建设现代化大农业，

光荣的旗帜迎风扬！

啊，北大荒，我的骄傲，

啊，北大荒，我的梦想。

第一次真正走近你，我便不可救药地眷恋着你，仿佛找到了失去的故乡，又仿佛我们离开了所爱之地，却竭尽一生渴望归返。

这就是你，有谜一般的魔力。让我们诉说你——北大荒的故事，诉说你的前世与今生。

行进中，三江平原的天空，突然阴沉下来，要下雨了。恍惚间，路两旁的稻田被大块黑色的云影遮盖了，没有了方才阳光下的金色光泽……车里的人刚才还欢声笑语，现在一下沉默起来，我们不约而同地想起农场场长先前讲给我们的故事，当年那个被大雨冲走的十八岁女知青。

大平原的雨和城市里的果然不同，下起来是如此壮阔有气势。雨流如线如注，被风裹挟着，与红高粱一起无遮无拦潇潇洒洒地在天宇间肆意舞动着。

雨声如催眠的夜曲，把车里的人送进梦中……

我也困倦得睡着了。梦中，我见到了六十多年前，官兵与知青开垦北大荒时点燃篝火夜战的动人场面。

"捏把黑土冒油花，插双筷子也发芽"，书本上的你和影视作品中的你，远远没有真实的你更令我动容，更让我深爱不已。

在饶河农场场长的安排下，我们去珍宝岛参观。乘坐的游艇，行驶在乌苏里江上，江面上的水鸟盘旋低飞，两岸青山绿柳，对岸俄罗斯的一座座木屋清晰可辨，在我们眼前闪过……

此时，我将自己的一双眼睛幻化成 DV 的镜头，将你的美一一珍惜存留。我知道，在这片神奇的土地上，曾有爬冰卧雪、挑战极限的一次次不屈壮举，让你从此告别了荒凉与贫瘠；我知道，在这片神奇的土地上，曾发生过许多可歌可泣的动人故事，让人世间的爱、勇气、奋斗、抗争、牺牲与奉献在此源远流长。

静夜，我聆听你的风声，聆听你的呼吸。夜晚的篝火伴着星月，将黑夜点燃，把黎明迎接。在万里稻花飘香的时节，秋虫与蝉的歌唱，成了最美的小夜曲。晨曦，我凝视你浸染风霜的面庞，在日出喷涌之际，你仿佛被镀上了一层神圣的金色。

你把岁月演绎成一本厚重的大书，你为生命拓展了丰富的意境，我相信自己的体内正因你而涌动着一种旷日持久的激情。

有人说，北大荒是世上最温柔最贤淑的母亲，在你的怀抱里，我成为一个幸福的婴儿，以自己稚嫩的啼哭，深切地呼唤你。你的气息，你的温度都是那样令我沉醉，我醉在你馨香的梦里，唯愿千年不醒。我又想幻化成一只美丽的云雀，在白桦林的枝头为你轻轻吟唱一首北大荒之歌。

唯有你，在经历了世间的风风雨雨之后，依旧保有最朗润而健康的生命原色。置身你的腹地，我被你的壮丽辽阔、无声之大美深深打动，教我如何不爱你？我的心从没有像现在这样与你贴近，我的灵魂从没有像现在这样被你照亮。从今夜开始，让我在心灵的长廊刻录下你的名字，从此不会忘记。

秋日的收获，在枝头田埂上招手；秋日的收获，正指日可待；秋日的收获，在这片溢满芬芳的土地上一日一日扎实地积累着、贮藏着，让爱着她的人从不肯远离，让爱着她的人归去来兮。

那远处乡间的风，撩动我的心房，宛若记忆中的沧海桑田在视野中大气呈现。那些农场、那些被开垦的沃野良田，带着岁月的印痕，走进当下的生活，却从不曾老去。

还有那一张张生动而鲜活的面孔，他们就像我的亲人一般，人们骄傲而自豪地生活在这片充满希望的田野上。这是怎样一种风生水起的日子，这是怎样一种有滋有味的沸腾生活！这里是不曾迷失快乐与生趣的故土，我看到它一直朴素地闪耀着光，这正是我向往的快乐大道。

或许某一天，我们会拥有一副崭新的翅膀。到那时，就请让我们在你的千里沃野、万顷良田之上自由自在飞翔，感受生命无尽的欢乐与诗情！

让我们诉说你——我可爱可敬的北大荒，诉说你无尽的风情！

每个人都有自己的感恩方式

　　每一次我和读者交流，有两篇小小说几乎百分之百被提到，一篇是《一把炒米》，另一篇就是我今天要说的《身后的人》。

　　《身后的人》创作于 1996 年，那是世界远离大面积战争的年代，甚至冷战也已结束，然而，战争仍然是地球零星、持续、酷烈、恶魔般缠绵不去的毒瘤。战争的破坏力不仅仅摧毁人类的肉体和人类潜心创造的物质文明，同时也极大地毁灭人性，摧毁人类内心最为柔软的东西。有时候我看到地球上各种纷争，各种恶性爆炸，各种惨绝人寰的屠杀，各种流离失所……我会有一种痛彻心扉的感觉，然后又有一种隐隐的自我安慰。我会觉得我们似乎是幸运的，我们相对宁静地生活在一片明媚温暖的阳光下。而且我相信，每个人都知道这是为什么。

　　《身后的人》创作于 1996 年，但让我今天回想，真的想不起来有什么明确的诱因和事件。像我通常的经验和感觉一样，作家内心深处日积月累的思考、感受、综合、提炼在某一个不可预知的时刻和灵感相遇，妥了，一篇让作者自己激动不已，让读者感动的文字，就这样诞生了。

　　《身后的人》讲述的是个感恩的故事，塑造了一位将军的形象。这位身经百战，为民族的解放事业做出重要贡献的将军，离休之后终于有时间赋闲下来，却常常觉得身后有个人站着，待他回过头去看，后面又空无一人。"身后的人"把将军带到深深的回忆当中。回忆中有战火纷飞的战斗场面，有牺牲的战友，有掩护过他的苇子沟的群众。那时是张妈和她的儿子冒着生命危险把他掩藏在间壁墙中，躲过了敌人的搜索，使他顺利完成任务。但解放之后，将军多方打听寻找张妈也没有结果，最后，将军把自己的几万元存款寄给苇子沟民政局，汇款单附言栏写着：我忘不了在战争年代，那些在我们身后的人，为解放全中国而做出的牺牲。

　　很显然，这是一个感恩的故事，"张妈"代表付出爱和支持的人民群众，

而将军是感恩的实施者，但是，我并没有把感恩这种崇高的情感功利化和世俗化，将军的感恩是用一辈子不遗余力地为祖国为民族奉献作为实践的，"张妈"和"张妈"一样的群众是他感恩的对象和动力，这使感恩成为一种使命，兼具人性温暖的光辉和崇高的道德与理想的意义。

感恩其实是一个古老的话题，我国五千年的传统美德，十分注重感恩的传承，有许多词汇和句子反映了人们对感恩的态度，如"滴水之恩，当涌泉相报""知恩图报""投之以桃，报之以李"等等。但不管怎样表述，感恩都是爱的表现形式，是爱的回馈和升华。我以为回馈是感恩最基本的表现，而升华体现的是一种大爱，使感恩突破了自我慰藉和因果报答的小循环，把爱拓展为对社会、祖国、民族的甚至人类的奉献。

所以，感恩这个古老的人类情感，是爱的延续，是推动人类社会进步的鲜活动力。

所以，感恩也就成为作家要表现的永恒的主题。

所以，从这个意义上说，《身后的人》不仅仅是战争题材的小说，至少，我没有让它囿于烽火硝烟之中。这是一个可以拓展的主题，牢记感恩，学会感恩，但是不必念念不忘"因果报答"，感恩不是借贷，当然感恩要求诚信，但绝不仅仅是诚信。感恩是一种难得的精神濡养，并不禁锢你，给你重压，而是给你自由创造的翅膀，让你感受爱，并奉献爱！

而这个多灾多难的地球，这个美丽的蔚蓝色的星球，是不是也要靠不同肤色的人，用感恩来拯救呢？

第二辑

记忆情怀

三亚行

我很早就想去看三亚的风光。

受朋友之邀，那一年冬日的下午，我们从北京乘机直飞三亚，由于飞机晚点，抵达三亚时，已是夜里十一点了。

走出机场，一股温热的风扑面而来。我们立即坐进朋友的车里，向预订的酒店驶去。

我们下榻在东方海景大酒店。

进入房间时，我们早已热汗淋漓了。除去冬装，洗了澡，换上 T 恤和单鞋后，我们去了酒店室外的后花园喝凉啤酒。

我们的酒桌挨着一个圆形的泳池，泳池的边上有几棵高大的椰树。月光下，坐在竹椅上，享受着南国暖风的抚摸。

我想，置身于这样的环境下，喝凉啤酒一定是件很幸福的事。

我们买了凉啤酒、羊肉串、海鲜锅，开始大口喝酒驱热。冬季里，这样的景象，在北国瑞雪纷飞的哈尔滨可是不敢想象的。

不一会儿，我和朋友两人喝完六瓶啤酒走人，而邻桌的几个南方男人，我们来时他们就在那儿喝茶，到我们离开时，仍在津津有味地喝，且边喝边续水。

我当时有些纳闷儿，六七个男人围着一壶茶，喝到夜半，能喝出什么样的味儿来呢？

这可能就是南方人与北方人的不同习惯。

北方人玩不出这样的斯文来，北方人的桌上必不可少的是酒。

翌日清晨，我给客居在这个城市的阿成兄发短信，预约了拜访他的时间，然后去了大东海风景区和鹿回头山顶公园。

游玩回来，已近中午，按约定的时间，我们来到了阿成兄的家里。热情好客的阿成兄，早已经把火锅摆上了饭桌，涮品全是阿成兄和嫂子新采购回的各种海鲜。

在阿成兄的家里，我和朋友吃得很开心，我们吃到了在哈尔滨根本吃不到的那种大而胖的鲜螃蟹。

酒桌上谈到的关键词是阅读与写作。

阿成兄向我们传授了许多阅读与写作的妙方，让我们茅塞顿开，获益匪浅。

其间，酒店方面不住地给我朋友打电话，让我们回去办理退房手续。原来给我们预订酒店的朋友搞错了，他只给预订了一天。

酒店方面说，我们必须退房，现在是旅游旺季，入住客人多。这样，在我们还没有回到酒店时，我们的物品就已经在他们保安部人员的监督下，被服务员强行送进酒店的行李房了。

对此，我心里颇感不悦，我们被驱逐出了这家酒店。

朋友又给我们安排到民航酒店。住下后，我发现那边酒店服务员没有把手机充电器给我收入箱里。于是，我给民航酒店前台打电话，要求开通房间电话。我打电话给那边酒店前台，告知他们帮我把充电器收好，晚间过去取。就讲了这几句话，第二天结账时，被酒店收费五元，更为荒谬的是，他们还强行收了二十元的电话开机费。

想想，挺可笑的。

但三亚朋友的热情，三亚的海水、沙滩、阳光、植物、岩洞、温泉、浴场、椰林、绿草、鲜花，驱散了我心里的种种不快。

三月里的疼痛

2004年3月7日午后4点20分，母亲停止了最后一口呼吸。随着母亲临逝前喷出的最后一口鲜血，母亲的瞳孔就开始扩散，然后双眸带着眷恋儿女们的眼神闭上了。

那一刻，我的大脑一片空白，时间仿佛也在这一刻凝固静止。

望着窗外三月的小雨，我的心刀扎一般疼痛。

世界上最疼我的人就这样走了。

2002年4月，母亲患肾盂癌，我、大姐、妹妹，还是倾尽全力，在省医院为母亲手术治疗。治疗期间，在北京工作的姐夫连夜乘车返回哈尔滨，大外甥女乘飞机从上海返回护理姥姥……

术后一年，二外甥女把姥姥接往上海瑞金医院进行复诊，并采取最科学、先进的医疗手段治疗，但最终还是没有挽留住姥姥的生命。

作为儿女，虽然尽了全力，但终究还是有些许遗憾，总觉得母亲离去得太早。

儿女是娘的心头肉，其实娘也是儿女的心头肉啊！

母亲以其平凡的经历走完了自己的一生。尽管在母亲的身上找寻不到一点曾经辉煌的光环，但是，母亲确确实实以高尚的人格形象，为自己的生命画上了句号。

母亲嫁给父亲后，先后生育我们姐弟四人。母亲含辛茹苦，辛劳持家。邻里有口皆碑，称母亲是"过日子好手"。

母亲干活做事风风火火，而父亲却是慢性子。性格上的差异，加之苦日子的折磨，我们的家庭也避免不了一对凡俗夫妻的吵吵闹闹，冷面相对。

但吵闹归吵闹，母亲依然用心疼爱着父亲，依然把父亲视为自己心中不容侵犯的一座山。

我忘不了自己十六岁那年夏天的心情。

那年夏天，父亲突然病故，离我们而去。故乡小镇上空的天阴阴的，和我们当时所有人的心情一样。我和母亲相拥着，在灰色的天宇下哭了好久好久。

父亲离去时，母亲仅四十几岁，瘦弱的双肩又额外承担了一份沉重。

母亲每天除了奔波生活之外，还要腾出一定的时间来教育我们。

对于教育的内涵，母亲不是很轻易地能够把握和理解，但母亲却知道用最传统的教育方式教育我们：做人要诚实，好好做人是一件大事！

一次，我拿了班里一位同学的钢笔。母亲发现后，问我："这支钢笔哪儿来的？"我没敢说出事情的真相。母亲急得快要哭了似的大声喝问："快说呀，这支钢笔到底是哪儿来的？"

我搪塞不过去，只好红着脸说："从同学那儿拿来的。"

出乎我的意料，母亲并没有动手打我，而是坐下来，拍着我的肩头，叫着我的乳名，说："小小，东西再好那也是别人的，我们不能拿。拿就是偷，偷就不是好人，不是好人长大就找不到好媳妇。"

母亲这种"不是好人长大就找不到好媳妇"的质朴教育，让我记了一生。

从那时起，"做好人找好媳妇"的信念，便深深地刻在我的大脑深处，挥之不去。

其间，有人多次登门为母亲提亲，劝母亲再嫁。但母亲说："我现在没有心情，我要把孩子抚育成人呀！"

母亲便没有再嫁。

母亲牺牲了最好的年华，而把所有的情感都倾注在了我生命的成长过程中。我深深地知道，这并不是所有的母亲都能做到的！

是母亲的教育催熟着我的生命。

多年以来，我一直遵循母亲教我的做人准则，也因此，成长为一名作家。感谢母亲！

母亲姓庞，名士珍，生于 1928 年，享年 76 岁。

作文的模仿与抄袭

在社会开放、多元的今天，中学生的作文也变得更加自由，不再拘泥。但作文的模仿与抄袭仍是不容忽视的问题。

2000 年 7 月 29 日，西安的一位朋友电话告诉我：我的小小说《弯弯的月亮》被西安的一位高考生在答作文卷时抄袭了，而且得了满分。

这一高考作文抄袭事件被《北京青年报》披露后，立即在国内各大媒体引起轩然大波，是模仿还是抄袭的话题一度讨论了许久。参与讨论的一部分人士认为，高考评卷得满分的《豆角月亮》在标题、立意、构思等方面得到阅卷老师极高的评价，而这恰恰是《弯弯的月亮》的精髓所在，况且由于作文得了满分，该考生也许会比别的考生更有机会考入重点大学，而高考竞争常常就在分毫之间，所以这对依靠真才实学参与竞争的考生是不公平的。

也有人认为，如果在学生学习写作过程中，采取类似《豆角月亮》一文作者的做法能够提高学生的写作能力，却也未尝不可。但老师更应该明确向学生指出，这种做法只是在培养他们对语言的感知和应用能力，并不能替代创意和构思的训练，更不能在考场上随便"拿"来使用。投机取巧从培养人才的角度来讲没有任何好处，因为中学作文教育的目的就是让学生用自己的眼睛去发现，用自己的语言去描述。

我对于这次高考作文的抄袭事件并没有去深究，一直秉持着宽容的态度。但我坚持认为，宽容不是庇护。高考作文出现抄袭，真的应该引起相关部门的注意，抄袭除了急功近利之外，是否还有别的原因？是不是家长和老师给学生施压过重？是不是受考不上大学就没有出路的误导太深？

作为高考抄袭作文事件的"当事人"，我主张中学生作文应该为孩子创造更为宽泛的创作空间，抒其所想，诉其所求。打破对孩子的思想束缚和限制，打破老一套写作规范，以开放、现代的思维，帮助他们树立正确的写作意识。

对于名篇佳作，甚至身边同学的优秀作文，我们不反对模仿与借鉴，但绝不提倡照搬照抄的盗版与抄袭。模仿是在范文的启迪下，撞出灵感的火花，而写出浸透着个人思想的另外一篇全新的文章。两篇文章放在一起比较，尽管形式和框架有些近似之处，但仍各有各的风采与特色，而非简单的克隆。俄国文学大师果戈理的《狂人日记》是一部名篇。受其启发，鲁迅先生也创作了一篇《狂人日记》，但却从未引起抄袭的嫌疑。这源于鲁迅先生在汲取了大师作品的精髓后，依据当时中国的历史背景和民众精神受桎梏的现状，创作完成中国版的《狂人日记》。他完全倾注了个人的思想和对现实的愤懑之情，绝非人云亦云之作。

鲁迅先生的《一件小事》也是一篇广为传诵的佳作，曾被许多后来者模仿。有很多成名作家在少年时期练习着写过《一件小事》，其中的叙述语调、风格也许是鲁迅式的，但故事与思想却是自己的。这样比较下来，我们就不难把握模仿与抄袭的差异了。

赞成模仿、杜绝抄袭，可以防止不良写作习惯的养成。因为一旦成为习惯，就会破坏孩子独立思考的能力，甚至养成一种惰性。为应试而突击"恶补"几篇佳作，上考场省时省力拿来使用，这种做法是极为有害的，也许会就此毁了我们的语文学习。

作文重要的是表达个人的思维与想法，而不是空泛的概念与模式，老师应该尊重和接纳孩子的观点。让孩子学会写文章，而不单单是教会他们遣词造句，教会他们布局谋篇，更重要的是要教会他们通过自己的文章表达思想和心灵的呼声，让他们懂得作文是对待人生、对待世界、对待他人的一种态度和主张。歌颂的是真、善、美，批判的是假、恶、丑。愿中学生朋友在学习作文的同时，能更好地树立做人的信念与理想。

关于低龄化写作

时下，图书出版业被一群少年写手炒得异常火爆，令人目不暇接。

2002 年，12 岁的蒋方舟为《南方都市报》撰写"正在发育"专栏，然后有 10 岁男孩边金阳大爆冷门，写出长达 24 万字的魔幻小说《时光魔琴》，低龄化写作蔚然成风。

这些炙手可热的小写手年龄越来越小，篇幅却越写越长。其中最小的只有五六岁。《窦蔻流浪记》的作者写作此书时只有 6 岁，但他已经受到 4 岁就改写《西游记》的武汉小熊妹妹的挑战，但小熊妹妹还不能以"小"见大，在她的身后，有几个 3 岁半的小诗人正跌跌撞撞地向她的纪录逼近。

与之相比，17 岁时写《三重门》的韩寒已经是"大龄青年"，12 岁的蒋方舟写的"正在发育"已经"不再发育"，8 岁的高靖康已成为"资深作家"。而后又听说，成都 12 岁女孩古立坤也出了一本书，据说不错，被出版界炒得沸沸扬扬。在此气势之下，小小的古立坤高昂着头，要步韩寒、张天天等小写手的后尘，辍学回家写书了，并宣言要成为"中国第一名小自由撰稿人！"其势、其志之威，或多或少让人觉得少年得志的可爱与简单，因为自古英雄出少年嘛！

然而，冷静思考，古立坤的这种"志向"实在让人不敢苟同。

其一，12 岁辍学回家，为了自己美丽的梦想，断然放弃现代教育的机会，这实在得不偿失。

其二，这种"拔苗助长"的短视行为，无疑对青少年的成才和身心发展都是极为有害的。

其三，回家写作，离群索居，脱离社会，孩子将要面对的是一个孤单、缺少交流的世界，又怎能创作出充满生活色彩的、好读的作品呢？生活是文学的生命之根，而不能单凭天才的想象，要真正成为伟大的作家，必须有广博的知识、丰富的阅历和深入的实践。

少年出书，你方唱罢我登场。

作家马原认为，原先许多人把出书看成一件神圣的事情，但当代传媒越来越发达，出版越来越便利，所以现在出书的人年龄越来越小。马原感叹，在这个时代，出书越来越普遍，人们也就不当一回事了，不管小孩子写的书有没有价值，只要有钱赚，先出再说吧——这也是这些少年作家的作品被专业文学人士视为"小儿科"的主要原因。作家冯骥才更是直截了当地总结：写作低龄化不是文学现象，是市场现象。

神童之书，几时还休？

怀念是一种美好

经常接到一些中学生的来信，向我询问创作的灵感从何而来。

我回信说：用眼睛观察生活，然后思考生活。

我的一篇文章《怀念》，就是从观察生活和思考生活中捕捉到的创作灵感。

2003年的秋天，我飞往上海去探望病中的母亲。

走下飞机，走进上海炎热的十月，心情是忐忑而焦灼的，因为一路挂念着病中的母亲。在姐姐家中，紧拥着分别近一年的母亲，我的内心百感交集。

因为我的到来，母亲的病竟出奇地好了一些。晚上母亲还陪我喝了一小盅红葡萄酒，而后又很有兴致地跟我和姐姐讲起了我们儿时的一些往事。回忆那些令人怀念的往事，我和姐姐仿佛找到了童年的感觉。

我们一直等到母亲安详地睡去，方离开她老人家的卧室。

想着上午还在北国的哈尔滨，短短几个小时便来到了风景别样的大都会——上海，感受着生活的日新月异，心中不由得生出许多感慨，不由得怀念起为我们缔造了今日幸福生活的一代伟人。

是夜，从姐姐家的楼顶上空不时传来飞机的盘旋声，这似曾相识的声音让我想起了那个炮火纷飞的特殊年代。正是因为有了无数勇士当年浴血战场的生死奉献，才有了我们今天的和平与幸福；正是因为有了众志成城的前仆后继，才有了华夏神州的遍地阳光……联想与追忆使我找到了创作的灵感和素材，于是衍生出《怀念》一文。

现在有些同学在学习写作文的时候，常常苦于缺少素材和创作灵感，其实，素材与创作灵感常常孕育于对一切美好事物的怀念与记忆之中。对生活的积累与人生的历练可以为我们的创作提供丰富的背景资料，对历史的积淀同样能够创作出丰富、有生活底蕴的锦绣文章。

所以，同学们在日常生活中一定要善于观察、保留对美好生活片段的记忆。不要因为事件小、人物平凡而将之视为过眼云烟。正如艺术大师罗丹所言：

对于我们的眼睛而言，不是缺少美，而是缺少发现。

当记忆转化为怀念，把怀念转化为文字，我们的作文便有了生动和灵气的韵律。

那一夜，躺在床上，透过窗棂，望着秋夜里的繁星，我陷入对逝去岁月的怀念中。

怀念是一种美好，把怀念转化为记忆，让时光永恒，让历史复活。

那些书

感谢《中学生阅读》高中版提供的一席之地，使我有机会得以向高中生朋友们，敞开真诚的心扉，重温往昔的岁月里，留下的那些或怅然或欢喜的人生履痕。常常在夜晚，在完成一篇小说之后，于书案的窗前做一番回想。这时，我就想起故乡，想起故乡的绿色庭院，想起那年的夏天，在绿色的庭院里读过的那些书。

说起那些书，就绕不开我的一次讨书经历。

我的初中时代，正处在"文化大革命"时期，那是一个缺少书的年代，一切书被禁，被划为"毒草"。

我从小生活的地方，是一个人口很少的平原小镇，无论白天夜晚，街上都冷冷清清。那个年代，可供人们消遣的娱乐几乎没有。当时电影禁演，电视机更不可想象，生活如驴拉磨一样，被框定在一个圈子内。

孤单的生活，烦恼着一颗少年的心。闲得无聊时，我便靠在斑驳的老墙上，看野狗打架。

后来改变这种单调生活的，是我家附近的一家造纸厂。

有一天，我和几个玩伴去造纸厂院内。造纸厂的院内有一棵高大的老榆树，我们经常爬到上面去掏鸟蛋。那天掏完鸟蛋向院外走时，经过纸厂的库房。库房的门开着，我看到里面有人清理，还看到了一堆又一堆的书堆在那里。那时，我已经告别了小人书，想读几本大书的想法早就盘踞于心。从见到那堆书开始，对那些书的占有欲望，就如野草一样在我心里疯长起来。

当时我不知自己为什么那样聪明，为了讨要到那些书，我先做起外围工作。我打听到造纸厂的厂长儿子是我同届的学生，他叫齐兵。我便接近齐兵，和他一起玩，上学放学和他一起走，给他带我家院子树上结的黄沙果。我和齐兵关系拉近后，便经常去他家里玩。一次，我和齐兵正在他家院子里弹玻璃球，他爸爸下班回来了。我鼓足勇气走上前说："齐叔叔，有件事我想麻烦您。"

齐叔叔笑着看看我说："什么事？讲。"

我说："你们厂里库房的书能不能送我几本？"

出乎我的意料，齐叔叔马上说："知道读书是好事，明天你去库房里选吧。但要注意保密，不能对外人说。"

我忙点着头说："我知道，不对外人说，谢谢齐叔叔。"

第二天放学，我拎个空书包就去了造纸厂。齐叔叔叫来库房保管员打开门，我走了进去。

那一次，从那个库房里我装了满满的一书包书。

有《钢铁是怎样炼成的》《红岩》《青春之歌》《三家巷》《红楼梦》等。

父亲是一个没文化的人，他宁可叫我去外面淘气捣蛋，也不让我读沾着"毒草"味的大书。于是，我便只好瞒着父亲，在每天放学后或星期天，做完作业，帮妈妈干完家里的杂活之后，就急急地偷着跑向离我家不远的一片草园读书。最先读的是那本《钢铁是怎样炼成的》。

当时这部书给了我太多的冲动和泪水。处于少年转向青年时期、怀揣一切美好的我，被保尔和冬妮亚的爱情故事折磨得躺在绿色的草园里，望着那湛蓝的天空发呆，甚至幻想自己也能遇到一位像冬妮亚那样美丽的姑娘。

毫不隐瞒地说，是美丽的冬妮亚更加激发了我读大书的兴趣，同时也悄悄滋生了我的作家梦，梦想自己也能写一部让人读后落泪的书。尽管父亲唯恐落个"父之过"的罪名而对我管教得很严，但我还是想尽办法，没有让父亲的严厉管教阻止我的作家梦。从那时开始，我不去河边洗澡，不去麦田抓蝈蝈，不去拿弹弓打鸟，而把这些"不去"的时间用来读书，为实现作家梦的愿望做着铺垫。

在那片绿色的草园里，我忍受着蚊虫的叮咬，读完了《红岩》《青春之歌》《三家巷》《红楼梦》等。我为那些凄恻缠绵的爱情垂泪，为英雄的坚强不屈而感动高呼，骚动不安的心开始有了一种强烈的冲动。于是，便在某一天，在有阳光照耀的书桌上，我开始创作我的第一篇小说。尽管这篇小说没有成功，但我一直认为，这篇小说是我后来成功的一个重要因素！

因此，无论是现在或者将来，我都不会忘记在故乡庭院里滋生的作家梦。从某种意义上说，是故乡草园里的作家梦和在故乡草园里读过的那些书，滋养了我，使我在多年以后成为一名作家。

终生不悔

我与小小说，像热恋中的情人，一日不见，如隔三秋。因此，为了少些情感上的折磨，我便每天必读小小说，必写小小说。

我与小小说结下不解之缘是在 1988 年的夏天。

这年的夏天，我到北戴河参加一家杂志社举办的笔会。一次，在离海滩不远的一个餐馆里就餐，与我相邻而坐的是几位很官样的人。奇怪的是，吃喝半天，竟不见他们对桌上的那盘螃蟹动上一口。

几位很官样的人，坐态是十分讲究的，个个挺着腰，喝酒、夹菜轻举轻放。吃到最后，喝到最后，直至餐毕离桌时，那盘螃蟹还是完好无缺地停留在桌上。

其中一位模样长得很逗人的胖子，走到餐馆的门口时，还回过头来用贪婪的目光，望了望桌上的那盘螃蟹。当他发现我在看他时，他就很尴尬地对我笑笑，说："蟹是好蟹，可惜牙口不好呀！"

他们走了。我站起离桌，临窗看他们几位的背影。看着看着，就看出些滋味，看出了几位很官样的人，不懂得食用螃蟹的方法，却用"牙口不好"来掩饰自己特别虚伪的心态。

我就以此写了我的第一篇小小说《吃蟹》，投到《北方文学》杂志社，竟然一投就中。

从此，便迷上小小说。

从此，便获了几次小小说大奖。

这时，就有人问我：你为何不写长篇或短篇小说？干吗总弄些小东西？

我说：猪往前拱，鸡往后刨，这叫各活一路。如武林中人，各怀一绝，你使刀，我用棍，虽然玩的活儿各有不同，但最终还是殊途同归，玩的都是武术。

看我手相的人说我爱耍小聪明，这于我而言是一个极妙的结论。从某种程度上讲，是我的小聪明成全了我的小小说。置身于街市人流中，看人；独处于幽静之中，想事。看人也好，想事也罢，小聪明耍起来，就成了好多篇小小说。但有时这种小聪明耍得也很苦，常常被一篇千字小小说的结尾，折磨得想和妻子无端地吼几嗓子，急躁得想跑到大街上随便抓一个人来几下拳击。

因为一篇小小说精妙的结尾，往往起到"补充题蕴，须有不尽远想"的艺术效果。结尾若搞得失败，势必会前面极工，后面草草，令人读之大伤胃口。"结有数法，或拍合，或宕升，或醒明本旨，或转出别意，或就眼前指点，或于题外借形。"（清朝沈祥龙《论词随笔》）虽是论词，但所述结尾数法，用于小小说却也是一条独到的"药方"，不信，就试试看嘛！

我于小小说，高深之论不敢讲，只觉得小小说作家应该用一种别样的情感，去感受文化，感受人生，感受事物。之后，于一种很神圣的境界里，认认真真地写，像搞微雕艺术那样，精精细细地雕，如此这般，再雕不出精品，那便是一个人的素质、灵气与悟性问题了。

我生就瘦小，身单力薄，天生就不是干大块的料，只能弄来小块料，露露身形，把玩几番。

今后，还想这样继续把玩下去，且终生不悔。

一握之间的情谊

2008 年 6 月 5 日。午后。我一脸怅然，赶往长春。

红姐的老父病故，我赶着去那里参加她父亲的葬礼。

红姐即冯晓红女士，北方妇女儿童出版社的编辑。与红姐交往多年，我觉得她是一个很真诚的朋友，对朋友竭心尽意，对父母非常孝敬。想来老父的离世对她的打击一定很大。作为朋友，我希望此行能带给她些许的安慰。

有人说世界在向你打开一扇窗的同时，也会关闭一扇窗。这句话常常很灵验，生活在给你一个幸福笑脸的同时，转身也会露出一张悲戚的脸，有时想躲也躲不开。搭乘"沃尔沃"离开哈尔滨时，天气尚一派晴好。因为想着长春的几个老友和与他们相交的过往，在车上竟没有一点睡意。此行真想能再与老友几个"坐看溪云忘岁月，笑扶鸠杖话桑麻"。只是不知道有无时间。

当车接近长春地界时，天色渐渐变得阴晦，似乎有雨欲来。当车再驶一段路程后，就在窗子外看到了雨。此时，阵阵雷声怒气冲天，大团大团的阴云在天空中翻滚着、奔跑着，就像有人甩着长长的鞭子在追赶那老大一群羊，告诉人们快回家吧，更大的雨还在后面呢！果然，不一会儿，豆子大的雨点就噼啪作响地打着车窗。

这场雨来得迅急而凶猛。坐在车内的我，在烦闷的气氛中，开始用手机给远在另一个城市的朋友一遍遍发着短信，诉说我此时糟糕的心情。

车在雨中像个醉汉，摇摇晃晃穿行了一阵后，天空便渐渐有了亮色，刚刚那羊群一般的乌云滚到西边的天际就隐没了。路旁，雨后田地里的洼水如镜子一样，亮得把太阳都照了进去。林中深处人家的烟囱，开始冒出一缕缕灰色的烟朵，在风的左右下，扭着劲儿地向空中跑去了……

这场雨来去匆匆，田地里的小草，被雨洗得几乎有些透亮了，还散发出淡淡的乳汁一样的甜香味儿，还有那一簇簇淡黄的、粉白的野雏菊，在释放着清幽淡雅的气息……这些好闻的气息钻进车内，驱走了我那糟糕的心情。

看着窗外的风景，借此淡去心中的忧烦。车终于驶入长春市区内，大雨过后，城市变得窗明几净，像一张洗干净的脸，就连街上的行人也显得格外精神。这让我想起了在这个城市里居住的于德北以及他的那篇小说《光洗白了的城市》，在德北的这篇小说中，一定有他生活的这个城市的影子，他对这城市充满了挑剔、依恋与浓浓的爱意。因为有老友在此生活，所以这个城市并不让我感到陌生，甚至每次来都会带走一些温暖的记忆。

抵达长春，德北早早等在车站了，还是那副老样子，我们相见并无寒暄，但透过彼此的眼睛可以看到深深的关切与说不出的欣喜。见了红姐，我发现她竟憔悴苍老了许多，面庞有些浮肿，精神也颇为不振。见了我，还没开口说话，眼睛就湿润了。我抓住她的手用力握了握，希望红姐能够明白我要说的话，一切语言都在这一握之间了。

我想起当年母亲过世时，也有朋友这样用力握过我的手，让我感受到很大的慰藉。

翌日，我和德北还有许多朋友一起随红姐送走了她的老父。

到了我们这个年纪，每个人都要经历这样哀伤的别离，幸好有亲人和朋友的陪伴与支持，才不致被这样的痛苦击倒。每到这个时候，就想离开的亲人是出门远行了，唯一的不同就是这次出行后，从此他将不再踏上归程。

李白的《菩萨蛮》中说："玉阶空伫立，宿鸟归飞急。何处是归程？长亭更短亭。"其实，人生何来归程？我们只需要一路行走，一路不断地迈步向前。

想起克雷洛夫的一则寓言

哈尔滨的四月，街头的春花要比往年来得晚一些。

但在网络研讨我作品的这二十天里，我的心里却一直如盛开着的春花般绚烂多彩。

我突然发现，自己的心情好久不曾这样畅快了。

我愿意让关心我、爱我的师友看到我微笑的面容。

研讨期间，我和晓敏大哥用短信进行过真挚的交流。

我说："大哥，天暖了，来哈尔滨玩吧。"

大哥回说："谢兄弟好意。网上研讨会开得十分活跃，也有不少真知灼见，祝贺你。"

我回说："谢大哥！研讨会火热，我所未料，这让我情不自禁产生饮水思源之感慨，想起二十多年与大哥的缘分和情谊，心底温暖如春，再谢大哥！"

这次研讨会我还要感谢很多的朋友。

我要感谢所有参加研讨会的朋友，包括组织者、付出辛勤劳动的评论者、热情的读者，还有我身边的朋友和远方的有共同爱好的朋友。这些朋友虽然没有具体评和论，但他们以另一种形式书写了珍贵的友情。以文字为媒，或者以酒和豪情为契机，表达了同一个主题。这让我觉得文字注入的情感就尤其有血有肉、有力量。

在我写这些文字的时候，内心很不平静，眼前腾跃着一些人的形象，他们微笑着向我迎来……

还有一些陌生的朋友，读着他们的文字，我的心里有一股股暖流在激荡着。

我们的文字到底是什么？我们的文字到底为了表达什么？我已经很久不能清晰地看到文字背后真正的意义了，或者我也许从来没有迷茫过，而无意中走到眼前的文字，常常让我于清醒中感到无奈的困惑。但是，至少在研讨会营造的浓浓的文字氛围中，我们重新拾起昨日的理想，重新领悟文字以及文学的真正含义：不功利，或者不急功近利，并永远向着真、善、美前行。

所以，当我一篇篇认真拜读朋友们的评论文章时，不仅仅是思考和感动，更有欣喜。我想，假如把每一篇评论中袁炳发的名字和作品隐去，就把这些批评、高论、思考、叮嘱、鼓励、期望统统呈现于我们自己的眼前，那些评论之中的真知灼见就真的涵盖了文学的方方面面，成为我们每一个虔诚的文学人的共同财富了。

以我一贯的为人处世方式，以东北人特有的豪爽，我邀请大家共同分享这些智慧成果，为我们自己的同时，也是为共同的文学事业努力奋斗。

在此刻，我仍然要重申我的感谢，那些字字珠玑的评论文字后面都有一颗执着的心，使他们于百忙的生活和文学创作当中拿出时间和精力关照我的文字，这是一种智力性很高的创造性劳动，我再次表示感谢。

同时，我还要感谢三位评委，阿成兄、石钟山和宗利华老弟，他们带着对文学的热忱和责任感，同样不辞辛劳。我想这对被评论的作者是一次难得的学习和提升机会，对我而言是浓浓的友情。

面对友情，我无话可说。

五月。

我在寓所的书案前，想起克雷洛夫的一则寓言——《鹰和蜜蜂》。

这是一则很美的寓言。

鹰瞧不起蜜蜂，经常嘲讽蜜蜂。蜜蜂对鹰说："光荣和名誉归于你！然而我呀，生来就是为大家服务到底的。我不求表明自己的小小成就，当我瞧着我们的蜂巢的时候，看见许多的蜂蜜中间，有一滴是我自己酿造的，这就是我唯一的欣慰了。"

对于小小说创作，我想，我会像蜜蜂采蜜那样，一心扑在劳动上。如果能酿造出属于自己的"那一滴"，于我则是最大的快乐了。

向故乡

—— 山东行

2011年9月26日，我与警官作家葛勇启程去山东滨州，参加由中央电视台影视制作中心拍摄的《政协委员》的开机仪式暨新闻发布会。

这部电影是我哥们儿阿弋独立制片。他说："大哥，金秋九月来看看热闹吧，来回盘缠——打尖、住店、车马费我都付了。"话说到这份儿上，恭敬不如从命，我便启程出发了。

在淄博下车，正当午时，脚一落地，便看到老弟宗利华在出站口候着了。在温热的阳光中，我们拥抱在一起。

利华开车拉我们直接到酒店。

酒店里见到了利华的几位当地朋友，不一会儿，老友马新亭也从几十里外赶到。接下来不说大家也猜得到，一场热烈的酣战，过程不讲，结果可表。喝高了，全喝高了！

这场酒喝得特愉快，毫无遮拦，感觉真好！

席间谈起我们的友谊，说起今年初夏郑州金麻雀节的聚首，便不能不想起新加坡的好友修祥明，知道他恰好在国内休假，利华一个电话打到青岛，修祥明很是高兴，热情相邀再去青岛相聚。不知道是酒的作用还是友情气氛的烘托，我和利华竟然爽快地答应了，利华还信誓旦旦地说，一会儿咱们开车过去，三个小时就到了。修祥明说等我们到了，包饺子给我们接风。

放下电话，酒劲上来了，我的头开始晕乎了，只记得时断时续的几个片段：马新亭下午有会，喝了一些酒，唠了唠，叙了叙就走了。席间我和利华拥抱数次，哥们儿阿弋安排好车接我们，我们先是坐上了淄博市政协的车，然后在高速公路某个出口处转乘滨州市政协的车，最后抵达摄制组驻扎在滨州的宾馆。我的手机早已没电，人也电力不足，于是倒头便睡。晚上九点，我开机充电，发现有修祥明来的短信，问我到哪里了，还有多久到青岛。我摇了摇头，这才想起和修大哥的约定。正准备打电话道歉，修大哥的电话打了进来。说饺子已经包好，总不见人怎么回事？你的电话关机，利华的电话也关机。

得了，利华一定和我一样，醉得也是身不由己了，哈哈！

第二天一早准备开机仪式，阿弋的司机不够分配了，我让葛勇顶上去。我一人把滨州转了转，又约了滨州的朋友——国内知名散文家高维生，见面畅谈，受益匪浅，甚欢。

开机仪式简单而热烈，这部片子滨州市很重视，各级领导都到场了。不必细说，看到多年的好哥们儿阿弋事业蓬勃，我打心眼儿里为他高兴，比我自己的成功都高兴。在此，祝愿阿弋的新片制作成功！大卖！

然后回程，到济南。接到利华电话，他还惦记着我呢，甚为感动，我告诉他已到济南，以后再聚。因为是国庆前夕，火车票一票难求，多列客车已经没票。当机立断买了青岛到哈尔滨的站票。但是，哥们儿哪能站着回来呢？上车找列车长，说我们是作家，列车长立马给我们补了两张卧铺票。呵呵，开个玩笑，卧铺票的确补上了，但细节有出入，作家没那么大的特权。

还有大半天的时间，去看趵突泉，袁炳发到此一游嘛。

火车开动，山东远去了。这是我的故乡，虽然我的父亲是出生在东北的，但是那悠长绵延的根永远在山东。故乡早已不是具体的房屋和土地，故乡在我心底，在我山东朋友的友情里，当然也存于我的血脉中！

向青春致意

　　奉命写这个序言的时候，是经过几天认真思考的。今天，此刻，我把自己收拾得清清爽爽，在书桌上庄重地展开洁白的纸，推开窗户，明朗的阳光，清新的空气朝气蓬勃地涌了进来。我毫不犹豫地写下五个大字：向青春致意！

　　紧接着一首诗盘旋而至。

　　所有的日子，所有的日子都来吧，

　　让我们编织你们，用青春的金线，

　　和幸福的璎珞，编织你们……

　　同意吗？这是青春最为张扬、激越、浪漫的标签，最笃定的信仰，最坦荡的誓言。

　　你们，可爱可敬的青春，你们，九零后，手里把握着人生最有价值、最值得珍惜的东西：时间、激情、创造力……

　　阅读你们的文字，就像沐浴在浩荡的春风中，天空碧蓝澄澈，鸟儿自由飞翔，青山在遥远处凝睇，湖水在心灵深处荡漾，一只船儿轻轻飘向远方！

　　阅读你们的文字，知道什么是青春的律动。你们的文字是诗、是画，是绚烂的青春音乐，是勇敢的跑酷，是张扬的个性装扮，是一个个美丽英俊的，并且绝不重复的青春逼人的面孔。

　　世界是你们的，并且终归是你们的。不仅仅是文字的世界，我希望你们通过文字的桥梁去寻找和把握阳光下的一切。

　　是为序。

一天到晚游泳的鱼

生活中，我们每个人都有可能被迫下水，做一条鱼，一天到晚游个不停。为生存，为事业，为爱情，为友情，我们都变成一条条鱼，一天到晚游个不停。

妻子和我相比，应该算是机智型的、游得比我快的一条鱼。

她在 1 月 18 日晚就游到了沈阳。

她要在那座城市对自己经营的服装店重新考察定位。

妻子说："一切尽早。2007 年的春天，我店里的服装要旧貌换新颜。"

和我们夫妻相比，女儿则是这个城市中一条另类的鱼，女儿也喜欢写作，发表了多篇小说，但不像我这样以文为生，做得很苦、很累。

女儿只要来了兴致，便会弄几罐"蓝带"放在电脑桌上，一敲就是几个晚上。

女儿去年出版的书再版了。女儿对我说："袁老师，这回我亏了，当初与出版社签版税就好了。"

我笑笑，无语。现在的孩子都太实际了。

2007 年元旦那天，我给一个好朋友发了一条短信：为了不使自己变得愚蠢，我从新一年的第一天开始戒酒。

然而，1 月 19 日晚，有好多条鱼向我居住的这个城市游来，他们是我在老家县城里的初中同学。

无奈，以我的性格，肯定要大开酒戒。

我做东接待，唯恐招待不周，怠慢了老同学，我特地带上另外一条胖头鱼——超哥，帮我做细致安排。

席间，男同学和女同学相互找话题逗乐。其中一位男同学还发了一番感慨：没为漂亮的女同学盘起新婚的长发，实在有些遗憾！

酒酣之际，妻子从沈阳打来电话，问我："干吗呢？"

我说："我在和男女同学聚会呢。"

妻子逗趣地说："女同学中有没有让你旧梦重圆的啊？"

我回答："现在没有，但通过这次聚会以后，有没有我就不敢保证了。"

妻子说了一句"傻瓜！"就挂了电话。

喝酒，唱歌，跳舞，我陪同学们玩了整整两天，而且每天都是陪到深夜。之后，这些鱼儿们便都游回了县城。

同学们走后，我本想静下来休息，但不想，又有同城的朋友设饭局，无法拒绝，去了。翌日晚，又有朋友设饭局，依旧无法拒绝，又去了。又翌日晚，朋友过生日，这更是无法拒绝的事，必去。

城市是海，我这条筋疲力尽的鱼被甩在岸边，大口大口地喘息着……

我觉得自己有些游不动了，就突然想起故乡小镇上那条清澈的小河。

竹林记

竹林镇这个地名这样清雅，还未成行，我已经接收到一种超脱凡俗的意会给我的暗示了。这就是我一路酒醉的理由。沙龙现场的人，大约只见我与酒同醉的酣畅之形，却并未窥见我更不羁于形的神——我承认我已神游天外了。但当然有来处，那醉人的"竹林七贤"啊！

我知道这个竹林不同于那个竹林，可是，这个竹林怎么会不是那个竹林呢？那样的风骨，那样的才气，那样的潇洒不羁，有一条血脉一样生生不息的传承！

在我由酣畅的沉迷回归缜密的理性之时，我想，竹林这个地方占尽了天时、地利与人和。往昔"竹林七贤"喝酒、纵歌、肆意酣畅、笑傲竹林的所在，离这个地方并不远，谁知道呢？也许那七个仙人一高兴也会从山阳游过来，所以我在竹林这个小镇散步的时候，总是不自觉地、小心翼翼地怕惊扰了什么，总希望能够发现什么。她的幽静、她的雅致给我一种特别舒适熨帖的感觉。按说，我走过的地方也不少了，由于工作性质，我的足迹往往深入最基层，去过的乡镇村屯不计其数，但是，竹林镇给我的印象是那样的不同。单说一样，竹林宾馆，一座非常漂亮的园林院落，不仅仅是内部装修怎样气派的问题，它的规模和造型都给人一种厚重感，文化的底蕴和经济的实力很好地结合在一起，全然没有通常看到的暴发户的痕迹。我想了一想，这大概是中原文化源远流长的体现，文化的底蕴必定渗透到社会发展的方方面面，这就是家底，这就是根基，的确非常傲人啊！

后来听了当地朋友的介绍，顿觉谜底大开，确实符合我自己的判断。竹林镇是巩义市面积最小、人口最少、人均纳税最多、人均纯收入最高的镇。不知道为什么，看着、听着、感受着竹林镇，我有一种感觉，这是老子小国寡民的现实版。我这样说当然并非要全盘吸收老子的原意，只是竹林镇祥和安然的社会图景的确给人一种理想社会的优越感。

沙龙最后一个集体活动目的地在长寿山，非常遗憾，我因为醉酒而没有游览。但是它也非常美妙地给我留了一个伏笔，我会再来的，只为这迷人的竹林镇，为这传说中优美的长寿山。

　　我因中国小小说名家沙龙与竹林镇结缘，冥冥之中有缪斯女神的指引。沙龙的第一次年会选择了竹林镇，还是竹林镇选择了沙龙呢？我在畅快的诗酒畅游中有时不能自已地这样想。向北望，竹林七贤"越名教而任自然"似乎还在一个明朗的高处召唤我们这些新一代的文人。

　　文学是心灵之歌，让我们不负我们的内心，不负我们传承的血脉。

　　祝福竹林镇！

沉思录

1. 真实

真实是文学的生命，这是艺术的规律。

描写真实的生活是需要勇气的。有时尽管这种真实是你不情愿的，甚至是你的"家丑"，但为了艺术达到纯真的品位，你别无选择。

屠格涅夫便很有率真精神，早在他创作活动的初期，他便在《猎人笔记》《木木》这些作品中，违反他作为一个地主贵族的立场和利益，正面歌颂农奴身份的人物，并且鞭笞地主贵族的丑恶。《猎人笔记》中那个残暴的老地主形象取之于他的祖父，而《木木》中那个专横霸道的地主婆则是他母亲的写照。

同志，为了艺术做出一点牺牲吧！

2. 研究

捷克作家米兰·昆德拉是一个十分"狡猾"的人。

何以这样说？是因为他的小说。

在他的小说《生命中不能承受之轻》开篇第一章"轻与重"中，他用两个小章节的篇幅，以论说体的笔调，论述了"永劫回归"和轻重对立的神秘。然后，在第三小节中，他笔锋一转，主人公托马斯才缓缓地向我们走来：

"多少年来，我一直想着托马斯，似乎只有凭借回想的折光，我才能看清他这个人。我看见他站在公寓的窗台前不知所措，越过庭院的目光，落在对面的墙上。"

这种语言的风格，这种小说的写法，够我们学习一生的了。因此说，昆德拉是一个很"狡猾"的人——他知道怎样运用自己的智慧吊读者的胃口。

研究，只有研究才能进取！

3. 作家

作家们有些困惑，写书的倒不如卖书的，尽管如此，却仍有一大批朝圣者跪倒在文学的殿堂门前。

我被这些朝圣者的虔诚感动得落泪。

其实，作家的工作，原本就是一种寂寞清苦的工作，"吃的是草，挤出的是奶"。

作家守一份清贫，守一份艰难应是好事。

英年早逝的作家邹志安，安于清贫，以操守清廉为美德。他说："也许，自古在艰难的困苦中，才出真正的文学。"中国早有"艰难困苦，玉汝于成"的话。"仲尼厄而作《春秋》"——他若不"厄"，也就没《春秋》这部伟大作品。

也许，对于作家们来说，厄为好。

4. 圣经箴言录

朋友对我说："别搞小小说了，写长篇吧！写好了一部，就赚大钱，出大名，信不？"听完朋友的话，我不语。

就想起《圣经箴言录》里的几个句子。

地上有四种身躯细小，却绝顶聪明的动物：

蚂蚁是无力的一群，却在夏天储备粮食；

岩獾是软弱的一群，却在岩石中筑巢穴；

蝗虫没有君主，却一起列队远行；

壁虎被人玩于掌中，却经常出入皇宫。

面对这些箴言，我在想。

永远在想。

游张壁古堡

最早对山西有大致的了解，缘于郭兰英演唱的一首民歌《人说山西好风光》。从这首民歌里，我知道了太行山、吕梁、汾河。

后来，读了一些书，我才知道山西不仅有好风光，而且还有厚重的历史文化。很多历史上著名的文人出自山西：王维、王勃、柳宗元、白居易、司马光、罗贯中、关汉卿等。

山西的票号、煤炭、山药蛋派文学，在国内也有一定的影响力。

初冬，我因公干去了次山西，差事之余，游了位于介休市的张壁古堡。这些年走过的城市景点不算少，但真正能在心里留下记忆的并不多，张壁古堡便是能够让我留住记忆的景点之一。

我是黑龙江人，之前对张壁古堡也曾有耳闻，因为整个山西我都在关注。其中有个缘故，我一个朋友在山西工作十几年。当想起他的时候，他总是和山西的各种故事联系在一起，山西如此厚重，实在吸引人。

山西因为友人而让我倍感亲切，友人也因为山西而越来越有故事，这便有了一种亲缘。我总觉得黑龙江与山西有一种血脉亲情。因为这块美丽淳厚的土地曾经留下了鲜卑人的印记，而他们才是地道的东北人，地道的黑龙江人。有时候陷入这样的思绪，我心里会涌起一幅气壮山河的壮丽画面。我认为开疆辟土、民族融合是中华民族的基本元素，否则历史就要单薄淡然一些，中华民族也不复如今这般多姿多彩、活力四射了。

这权当是我对张壁古堡叙述的远景。

说来，我不是第一次到山西，但这是第一次游张壁古堡。虽然以前对此地也有所耳闻，但是来了之后，我还是被震撼住了。因为张壁古堡的美真不是可以预期得到的，它有自己的独特性，所以非常迷人。

游张壁古堡有三个没想到。

一是没有想到它有如此规模的古代战术地道，据说在世界范围内是独一无二的。地道总长万余米，分上中下三层。实地游览了一段，地道砖壁依稀可见，木料依然发挥着作用。而道路更是四通八达，神秘莫测，让我感慨万千。战略战术上的防御总是为着生存的，无论为自己还是为自家父母儿女、手足乡亲，甚或为背后的民族，它的目标总是果断而清晰，毫不含混，不会被岁月的尘埃而掩埋遮蔽。说起来，这算是个古老的话题，中华大地从有文字记载以来，多灾多难，战火频仍，大抵都是为生存而战。历史记录了许多波澜壮阔的图景，但流失了太多的细节。就像这神秘的古地道，有谁在地道中奔跑过，战斗过？那些艰难困苦，那些思乡浓情，甚至恐惧、忧虑，都化作坑道中的黄土。我从一个地道口出来，站在观景台上，抚摸着木栅栏，凭栏远眺，山河依旧壮美，蓝天、白云、清风可能和千年以前毫无二致，沧桑感顿时漫上心头，思前想后，白云苍狗，历历在目。

二是没有想到它的宗教建筑如此繁密。张壁古堡只有 0.12 平方千米，却分布着五大庙、二十三庙殿，而且历史久远，跨度极大，建筑风格多样性可能在全国没有第二家了。说五步一庙、十步一殿一点都不过分。真是令人难以置信。妥妥的就是一个宗教博物馆。徜徉其间，常有穿越感，收获多多，这真是一种十分奇特的感受。尺寸之间，便可领略多朝代宗教历史，从游客角度讲，是个大福利。

三是没有想到张壁古堡保护和开发得如此完美。我个人认为，张壁古堡是个清秀的小小城池。它有所有城市的结构。南北两座大门，象征龙头和龙尾，街东三条小巷，街西四条小巷，青石铺地。这还不够，作为一个有战略意义的城堡，它还有更为实际与缜密的构思。那就是所有院落都相通，与堡墙成为有机的整体，纳入完整的战略思考。然而我们今天能够看到这一切，完全在于山西人的远见卓识，给予保护。我拜读过相关的资料和书籍，如李书吉著的《张壁古堡的历史考察》，还有武增祥著的《张壁史话》，从中可以看出张壁古堡从发现到学术发掘、文物保护与旅游开发，山西人以他们的聪明智慧和创新能力，赋予张壁古堡新的生命活力和历史价值，并为中华民族守护了一份珍贵的遗产。

张壁古堡街上走一走，看到新植的云杉、店铺、古建筑相映成趣，历史并未走远，让我们珍重。

获嘉的夏天

今年夏天有机会参加全国知名作家获嘉采风活动。我从黑龙江奔赴河南。一路上想着就要会面的、好久未见面的文友，心情十分激动，情绪高涨。因为多年的文友相见，总是扒心扒肝，样样畅快：讨论时畅快，发言时畅快，行走观摩时畅快，就是互怼取乐都是畅快的。独独忽视了要去的地方——获嘉。倒不是真的没心没肺，浅薄无知，我对河南早有一个概括性的认识，那就是历史悠久、文化厚重。河南全省，我已经去过很多地方，每一处都有深厚的历史，而且源远流长，是中华文明产生、发展的中心。我所说的对获嘉的忽视，是因为之前对获嘉知之甚少，完全不了解获嘉的独特性，对，就是它的独特性。以至于直到采风开始，我才得以见识获嘉的真容。而一旦相见，真好比一句话：恨不早相识。

获嘉的独特性，在于它几乎是中华民族五千年历史文化传承的一个缩影。我们常常说，中华文明的独特性和伟大之处在于从有记载以来，一脉相承，绵绵不绝，延续至今。与之同期的古代文明，如古埃及文明、古巴比伦文明、古希腊文明、古印度文明都经历了从繁荣到衰微的过程，以至于中断和消失。了解获嘉，就会发现获嘉在中华民族五千年文明传承中的担当与贡献，是多么的非凡而伟大。

考古发掘证明，获嘉在夏朝以前就出现了人类活动，堪称中华民族的摇篮。夏商时获嘉已经是一个有历史记载的成熟的城市，而且一直传承有序，直到现在。它从来没有退出过历史舞台，就像一颗闪闪发光的星辰，从来不曾暗淡。相反，获嘉在某些历史关头的担当，足以让现在的获嘉人自豪和骄傲。

牧野之战之前，诸侯在周武王的统领下，在此运筹决策，联动出击，开启了武王伐纣的豪迈之旅。正是获嘉这个宝地，见证了一代王朝的更迭和一次民族发展的跃进。

而刘邦、项羽对峙时，正是韩信储兵获嘉，蓄势而发，以此一举扭转了刘邦弱势，获嘉成为楚汉相争的转折点，正因为获嘉，大汉得以为天下主。获嘉淡定从容地参与了推动历史进程的大事件，对历史从不做旁观之态。

历史的风云已经褪去，古战场已变成绿油油的万顷良田；孔子、姜子牙的名字镌刻在典籍当中，他们的思想依然以各种方式在神州大地上传播。他们和他们与获嘉的渊源，却并没有像他们和他们的名声那样，人人皆知。但是，这又有什么关系呢？中国历史不能绕开获嘉，"以史为鉴，可以知兴替"，在五千年文明史中，获嘉这块热土上发生的故事，曾经被提炼醒世或者给多少仁人志士以镜鉴，又有谁说得清呢？

获嘉的夏天很美，毕竟获嘉已经经历了几千个夏天了，在 21 世纪的今天，依然以其惯有的厚积薄发之势，释放无穷的魅力。

你的名字叫中牟

你从历史隧道的深处走来，当广阔美丽的神州大地上，很多地方还布满荆棘与烟尘时，你已经盛放文明的花朵。从古代时的圃田、牟州……你一路走来，直到今天的中牟！

你的名字叫中牟！

也许这样表述还是太过穿越，太过抽象，我们可以换一个角度，换一个充满传奇色彩的角度：中国最早的奴隶起义、著名的官渡之战发生地。两个深刻影响中国历史进程的大事件都曾经发生在这里。我们看到了历史的一次次选择。我们看到了历史的硝烟尘埃落定之后，并没有衰败的废墟。或者说，废墟存在过，但已经成为永远的过去。她是一个有故事的地方。

你的名字叫中牟！

也许你觉得这样还是不太够，也许你觉得这样开启了解她的大门未尝不可，可是还缺少一些契机，缺了人的因素。就像你去一个从来没去过的地方，你需要一个很好的切入点了解这个地方，那么应该是什么呢？我觉得应该从认识人开始。人才是最重要的因素，没有人，一切都很难呈现出来。这个世界如果没有优秀的人物来引领，或许还是黑暗的时刻。人，也只有人，才是伟大历史的创造者，也只有人，才是伟大历史与现实的传播者。这个地方奉献了道家名师列子、美才子潘安、民族英雄史可法。

你的名字叫中牟！

2018年8月29日至8月31日，我参加了全国知名小小说作家看中牟活动，第一次踏上中牟这片热土，一下子就被她吸引住了。因为她美！她的美，用现在热词说就是"高级美"，因为她有只属于自己，并且因此有别于其他小城的历史美。她是一处优雅的存在，她以优雅自处，并投射到现代节奏下的中牟。这是非常独特的一种美，一种雍容华贵又淡定从容的美，很难在别的地方体验到。因而，我眼中的中牟自带低调的奢华气质。文化的厚重积淀成就了她，发展了她。她们文化脉络清晰，历史传承有序。我想，这应该是中牟最根本的优势所在，也是她最深沉的内在动力。

两天的参观、访问、采风，我对中牟的社会经济发展之方方面面都有了进一步的认识和了解，对中牟的前景十分看好。四十七万中牟人憧憬的美好前景，在我这个深受感染的外地人眼中展现出巨幅灿烂的画面。中牟的四大优势，如同一座青铜重器的四根立柱，支撑着中牟的未来远景：

"黄金核心"之优势中牟。中牟县处于中原经济区、郑汴新区、郑州都市区"三区"叠加发展区域。郑州市东扩的核心在中牟。中牟已成为政策聚焦支持、资金优先扶持、项目争相入驻的热点区域和投资焦点区域。

"交通便捷"之高效中牟。中牟县集"铁、公、机"交通优势于一体。以郑州为中心的"米"字形高铁辐射网络，让中牟处在"3小时经济圈"。发达完善、快速便捷的"三位一体"交通体系，保证了对外联系的时效性和开放性，极大提高了经济发展效率。

"特色产业"之集聚中牟。以汽车产业、文化创意旅游产业、都市生态农业"三大主导产业"为支撑，构建了独具中牟特色的现代产业体系。

"四个体系"之活力中牟。中牟县以"城镇、产业、创新、生态"四个体系为路径，着力打造独具魅力的郑州国家中心城市主体功能区和郑汴一体化核心组团，形成一批具有核心竞争力的创新创业群体；以生态体系为根本，以生态廊道和生态水系建设为重点，形成"环廊相连、水绿交融、环境优美"的生态景观。

多么美好的中牟人民！多么有创新能力与实践能力的中牟人民！

采访和采风活动结束了，可是我的心却久久不能平静。回想在雁鸣湖畔，我们采风团曾经对中牟的过去和未来展开一次热烈的讨论。雁鸣湖以伟大自然的神奇力量，给予我们呼应、提醒和暗示，似乎昭示了中牟未来壮丽的行程和美好结局。

永远的都江堰

　　我的内心从来没把都江堰仅仅看作一处景观。因为在我出生和成长的年代，旅游被当成"奢侈品"和禁忌——想来这也不一定是百分百的坏。第一次知道都江堰是从历史教科书上，有两个关键词：李冰和古代水利工程。我小小的心立马被震撼了。因为历史课本是编年体制的，从远古的开天辟地时期讲起，我一路领略了祖先被险恶的生存环境所困惑和困顿的悲剧命运，女娲补天、后羿射日、大禹治水……带着神性的故事里流淌着后世后辈对祖先的敬仰和对未来的忧患与悲伤。生存从来都是一桩需要全民族倾力拼搏的头等大事。祖先电光火石一般的智慧一闪，一个伟大的民生工程诞生了。我在历史教科书上学到这段历史之后，每每接触到"都江堰"这个词，总会将其与五谷丰登的生动画面联系在一起。它使四川成为天府之国，"天府之国尽朝晖"，而朝阳下金光闪闪的是无尽的稻浪，然后如有长镜头一般，慢慢推进，推进，浩渺的水蓬勃却驯服地接受人类的安排，深入稻浪，滋养稻禾，灌溉万物——这就是都江堰的本质所在了。

　　实际上，这些远远不够。那时候传媒极不发达，我并不知道都江堰的具体样子，所有的憧憬都来自有限的想象和对祖先的无限崇敬，直到我终于站到都江堰上。

　　2006年，我第一次去都江堰，正是夏季，树木葱茏，水光潋滟，天地通透，一派神清气爽。两千多年前的祖先智慧结晶尽收眼底。无须酝酿，一股浩然之气便充溢我的心胸，那一刻我几乎流泪了。内心隐隐有一种悲壮感和自豪感。我每到一处，总要追寻历史足迹，做一番精神之旅。但是，都江堰给我的是不一样的感觉。历史悠久的中华民族多灾多难，历尽沧桑，面对多舛的命运，不知道从什么时候起，"破"与"立"的对立统一关系，被奉为一个大法则。古人云："不破不立。"现代人则有更为利落的诠释：破坏一个旧世界，建设一个新世界。所以历史在推进和更迭的进程中，不断地、毫不吝惜地毁弃已创造的文明。这就是我们今天看不到阿房宫的缘故，这就是在秦统一之后，一些精神创造因焚书坑儒而永远失传的缘故。但是都江堰却逆流而上，悠悠然屹立于时空之中，既可回首也能展望，关键是，直到如今，它依然发挥着它的功能。它真是个奇迹呀！它为什么能创造奇迹呢？

我想，唯一的原因可能就是它顺应了老百姓的心声，为民所用，而不是为帝王将相所享用。

2008 年，四川发生大地震，我在担忧民生的同时，也担心都江堰的命运。巧的是，2011 年 1 月，我去四川参加《小说选刊》的颁奖会，借道再一次去了青城，在朋友的陪伴下去了都江堰。所幸震后的都江堰依然岿然屹立，展示着勃勃生机。我内心的感动无以言表，泪水悄然滑落。也许，上苍爱惜这座千古绝唱般的水利工程，留下来给后人瞻仰和自我激励。也许，上苍用这种方式昭示天下，做庄严而深刻的警醒：谁关注民生，谁将获得永生。

一条长长的路

　　哈尔滨—郑州，郑州—哈尔滨，这条长长的路，我走过很多次，经历了很多年，今天我又一次站在郑州的大地上，感觉既有谙熟的气味又有新鲜的激情，我想了想，明白了，感觉谙熟，是因为郑州对于我们这些致力于小小说写作的作家而言就是我们的家，每一次踏上"回家"的路，我们都有一种安然的感觉，一种舒心的感受。家是我们最能够放逐自我的地方，因为"回家"，我们洗尽铅华，自由吞吐，倾诉委屈，释放热情，情绪得到整合，心胸得到开阔，然后再重新上路。多少年了呢？对我而言，已经二十几年了，二十几年，不过是宇宙中短暂的一瞬，可是在小小说事业波涛汹涌的发展过程中，我可以自豪地说，我是那最激情的浪花中的一朵。我愿意这样表达我对于获得第五届小小说金麻雀奖的感受：我是那最激情浪花中的一朵！在二十几年的小小说创作生涯中，是郑州，是《百花园》，是这样一个充满激情与创意的团队，引领着中国小小说的创作队伍，营造了覆盖全国范围的朝气蓬勃的大气候，才使得小小说终于作为一种文学样式庄严地入主主流文学的殿堂。

　　我想，小小说金麻雀奖十年之前的创立，已然昭示了它的定位和理想。不言而喻，那时候文学正处于低迷期，文学被经济大潮挤出了社会的中心环节，被彻底边缘化，正是在这个时候，小小说金麻雀奖横空出世了。文学的奖项最根本的意义在于通过选拔优秀的作品、发掘优秀的作家，达到传播优秀文化的最高目的，但是，以具体的时空背景观察小小说金麻雀奖，我觉得，它是一种誓言，一种勇敢的抗争，一种卓越的远见和必胜的信心。在小小说发展三十年的当口，金麻雀奖创立十周年的时刻，小小说纳入鲁迅文学奖，这就是最好的证明，它以充分的事实、不容忽略的成就，论证了郑州的远见卓识和气魄胆量；它对作家的爱护和提携，尤其是对文学崇高的敬意，都在那一刻得到了完美、震撼人心的答案。郑州赢了！小小说赢了！

　　经过三十年发展，小小说金麻雀奖已成为小小说业内最高的奖项。说它最高，有这样几个理由，由半生致力于小小说事业发展的杨晓敏先生倡导，由中国小小说中心《百花园》制定规则，由郑州市全力打造和支持，吸纳全国乃至全球华人作家参与，囊括所有汉语言文学纸质杂志。它有这样几个载体，三十年实践经验和理论的总结、平民艺术的理念、全方位开阔的视野、与时俱进的创新精神。所有这些都推动了小小说三十年蓬勃的发展，使得这个奖项成为小小说界的最高权威，小小说作家心中的翘楚。历经五届、十年，数十位小小说作家脱颖而出，作为小小说传承的关键环节，形成具有影响力和带动力的鲜活力量，吸引更多的文学爱好者加入到小小说创作队伍中来，呈现了更丰富的小小说文学形式，推动小小说文学创作更好地向前发展。

就我个人而言，金麻雀奖是我心中的理想，但是历经五届，我只在第一届时报名参评，之后一直怀着敬重之心仰视她。这次获奖，是我第二次报名参评，其中原因是，有几年我奔波于生活和工作，无法兼顾创作，甚至一度失去了与小小说的联系。就在这个时候，杨晓敏先生及时发现了我的创作状况，从几千里之外给我打来电话，长谈几个小时，鼓励和鞭策我，令我非常感动。其实，我小小说创作起步时就得到了杨老师的关注和推动，当我想放弃时，又是杨老师醍醐灌顶，使我大彻大悟，不仅坚持了下来，而且在最近三年中，我的创作重新焕发了激情。杨晓敏先生对我个人的督促和鼓励，有老师对学生的厚爱，更有他对小小说事业的责任感和赤诚之情。所以，我有时候觉得，如果用一句话来表达我获奖的感受，那就是：一个人、一个奖项和一项崇高的事业。

"路漫漫其修远兮，吾将上下而求索。"我二十几岁时的一个偶然机缘，作为一个狂热的文学爱好者，第一次接触到被明确定义了的小小说文本。小小说独特的构思、巧妙的布局谋篇、洗练的叙事风格、出其不意的结局、浓缩的人世悲欢离合，一下子牢牢吸引了我。从那以后，我别无选择地爱上了小小说。小小说虽然篇幅短小，但大都内容凝练，运笔从容，故事生动，人物鲜活，或阐发生活哲理，或展示人情际遇，或表达人生况味，那么容易激发我的热情，引发我深刻的思考。一路痴痴写来，有顺境有逆境，有失败有成功，有自主的努力，更有关键时刻朋友的关怀和扶持，而我自己也由神采飞扬的青年，写到了知天命之年。也许，我与小小说有一种与生俱来的缘分吧。而我自己其实非常明白，经过二十几年的锻造，小小说已经渗透到我的血液之中，成为我生命的律动。

这条长长的路，会继续引领我前行，没有终点。

凌风路上临风立

虽然我是一个地道的东北人，但一直以来对客家人怀着一份浓浓的敬意。

最初知道"客家人"这个名词，是我上中学的时候，语文课本中有一篇朱德元帅的散文——《回忆我的母亲》。在这篇文字质朴、情感真挚的散文中，朱德写道："我家是佃农。祖籍广东韶关，是客家人，在'湖广填四川'时迁移到四川仪陇县马鞍场。"这是我第一次知道客家人这个说法。那时候年纪小，加上信息也不发达，对课文中的描述还不理解，但从字面上已经能够窥见和猜测，有这样一支移民队伍从广东迁徙到四川生活。也许是因为自小敏感、热爱文学的缘故，我对这种迁徙赋予了很多自己的想象，那必定是非常精彩又艰辛苦绝的经历。或者由于我自己的家族也经历过迁徙的缘故，有一种难以描述的相通之处，我居然对那一行文字感觉强烈，总觉得有故事没有完结，这件事就成了我的心结。因此，我对客家人的历史非常关注。慢慢地，我开始对与客家人相关的一切都非常感兴趣，对这个群体的认识越来越多，也越来越敬佩。

客家人在中华民族漫长的历史长河中，因为战乱从中原向南进行多次迁徙。据说大规模的迁徙从秦朝就开始了，一直到近现代。其中较大规模的迁徙超过六次，甚至漂洋过海，足迹遍及世界各地。我猜测，有华人的地方，一定有客家人。人类学家在这一点上早有定论，只有勇敢智慧的族裔才能迈出这伟大的一步。在勇敢出走，去寻求更大的发展空间、更美好的生活的道路上，客家人把自己的优良品质镌刻在了自己的基因中，得以保存和壮大，并且代代相传。

因为文学上的一些活动，我曾经多次受邀去广东，也结识结交了不少客家朋友和文友，他们乐观、勤奋和敢为人先的创造力给我留下了深刻的印象。这次是到梅州下辖的平远县参加一个本埠作家的小说研讨会。研讨会结束回程时，我在梅州客居一宿，在当地友人的推荐陪同下，我们走进了梅州老城的凌风路。

走在凌风路上，我发现梅州老城的魅力的确非同一般，在我看来，它不仅仅是历史遗存，也是客家人贡献给中华民族的文化和文明之花，更是客家人艰苦奋斗创造生活奇迹的永恒见证。

站在梅州老城的凌风路上，这种感觉强烈地冲击着我，感染着我。

凌风路两侧骑楼林立，极有历史感，"前商店后作坊，楼上寝室，楼下经商"的组合方式，有鲜明的商住建筑特色。它们在凌风路上数百间连成相对的两排，都是二到四层的建筑。黄色墙体、西式圆柱、彩色玻璃和流线型窗子、精致的纹饰，无不体现了客家人从海外吸收而来的文化特色，开放的心态、不凡的眼光，彰显了客家人敢为人先的国际范儿。

走在凌风路上，在骑楼之间徜徉，如同在历史中穿越。人们说，建筑是凝固的音乐，又何尝不是有着岁月深沉旋律的历史？凌风路老街从历史中走来，无时无刻不在将这种优美的历史感传达给人们。你看，那间老钟表铺，让你觉得时光仿佛在倒流。店里的老先生端坐在时光里，淡定从容，如同一幅画，供你欣赏；如同一面镜子，提醒你面对着，去追寻曾经走在时间前面的年轻的自己。

那边还有一个木屐店。店里摆放着各种式样的木屐，完全手工制作。想来它们过去一定是居民的必需品，陪伴着人们走过风雨泥泞。现如今，它们除了成为对过去岁月致敬的担当，更成为人们了解过去的活教材。

那边还有一间点心铺子。一个繁华的街道怎么会没有美食呢？对一个吃货而言，美食才是一个街道的灵魂所在。在这里你可以找到最传统、最美味的点心，还有各种客家小吃：炸豆腐、炸味酵粄、炸南瓜丸、炸大小饺、糯米花、兰花根、油角、煎圆等。

据当地区作协主席朱红娜介绍，这条老街，直到现在仍然是梅州人日常生活中不可或缺的商业街，而绝不单纯是旅游街。很多生活用品，只有在这条街上才能找到。她随手指着一家婚庆店说，譬如婚礼中需要的一些传统饰物，只有在这里才能买得到货真价实的东西。

一条老街就是一条文脉、一段历史。纵观凌风路的前世今生，禁不住生出一番感慨与敬意。民族英雄文天祥，曾经率兵收复梅州，他用诗歌的形式记述了这件事："楼角凌风迥，孤城隐雾深。万事随转烛，秋光近青岑。"据当地文友介绍，之所以取名凌风路是为了纪念文天祥。一个城市，会因为它的历史而变得厚重、有骨气。

在凌风路街区里，还有一处始建于南宋淳祐元年的梅州学宫，也就是文庙或者孔庙。这从另一角度，彰显了客家人对汉族经典文化的传承。我想这大概就是客家人无论迁徙到哪里，即使足迹遍及全世界，也依然将根深深扎入中华大地，汲取民族文化的营养，向世界展示繁茂盛大的文化之花的原因。这是一个有根的族裔，它传承有序，历久弥坚。

在凌风路上临风而立，仿佛御风穿行于时间隧道，那一片繁华的胜景，那一幅清明上河图一般安居乐业的生活画卷，是客家人从前、现在、将来美好生活的写照。

梅州，我还会再来！

红岸·彼岸

我提起笔写这篇文章的时候，总有一个声音在耳边缭绕。它激情澎湃又饱含深情。我起初并不确定是否需要它，虽然我知道它是好的，是令人难忘的岁月的昭告和无悔的光彩照人的精神表白。虽然我还是不确定它是不是和我整篇文章的基调相融合，可是，有一点，我不能回避，也不容我思量，它如一群脱缰的野马奔腾而来。我也就无法顾及了，我觉得我应该张开双臂拥抱它：

（一）

在嫩江绕弯的地方，

江水日夜把河岸冲洗，

河岸的颜色红红的，

仿佛用花瓣堆砌。

最早来到草原的达斡尔人，

把这里叫作富拉尔基。

传说那河岸的颜色，

是人们的鲜血染红，

当年多少流放的囚徒，

受不了鞭挞和苦役，

无声无息地在草原倒毙；

多少达斡尔族的男女，

受不了日本鬼子的压迫，

从冰窟窿下永远沉到了江底。

风卷黄沙成天呼啸，

齐肩的野草无边无际，

恶狼成群结队横行，

野鸡飞到饭锅里。

荒凉的富拉尔基呵，

小小的村庄，谁记得你！

（二）

在嫩江绕弯的地方，

江水日夜把河岸冲洗，

河岸的颜色红红的，

仿佛用花瓣堆砌。

最早来到草原的达斡尔人，

把这里叫作富拉尔基；

今天，草原到处红光闪耀，

真不愧叫作富拉尔基；

许多红色的厂房、红色的大楼，

像雨后春笋从大地上长起；

平炉里钢水沸腾，

火龙在辊道上游戏；

工地的火花四处喷射，

真像神话一样美丽。

不再是荒草成窝，

不再有饿狼的脚迹。

高大的烟囱矗立云霄，

电杆像树林般密集，

汽笛雄壮地呼唤，

机器的赞美歌响彻大地。

在广阔的草原上，

站起了一个高大的身影，

六万万人注视着你的雄姿，

全世界在倾听着你的呼吸；

这就是你——富拉尔基，

我们崭新的工业基地！

这是我国著名诗人严辰在那个充满激情的岁月创作的名为《红岸》的诗作。

齐齐哈尔是个英雄之地。我到过齐齐哈尔很多次，它辽阔的大地和壮阔的嫩江，让你激动，让你心潮起伏，甚至热泪盈眶。而且激动过后，让你深思，让你不停地琢磨，你就觉得这些都不够，还欠着点什么，你一定还为着别的费着思量，你觉得它还有别的故事，一定有别的故事。的确，这片黑色的广袤沃土，不仅仅展示了农业的优势，还有更为卓越的代表着工业社会的创造力，而且是伟岸的、神奇的。

我自小喜欢工厂，希望自己是工人阶级的一员。这可能和我的父亲有关系。我父亲是一名工人，一位自带自豪感的工人。耳濡目染之下，我对工厂、车间等词特别敏感，对工厂尤其向往。后来父亲去世，我十六岁参加了工作，终于进了车间，却没想到是个做酱油的车间。这让我心有不甘，我希望自己成为一个真正的工人，就像在电影中见到的那样，大工厂、大车间，做出或者安装大的零件和机器。后来我调到一家国企当工人，偌大的矿区和深邃的矿井都让我沉醉。直至慢慢成长，用笔书写人生的同时，我也深入过很多厂矿和车间，但今年秋天《北方文学》组织的采风活动，让我再次来到富拉尔基的一重参观，此行让我从心底被震撼到了。

第一重型机械厂是大厂，这个我早就知道，甚至它的辉煌历史我也都耳熟能详。但是，这座始建于1954年的涉及国家战略和国民经济命脉的重要骨干企业，大到庄严、雄伟和神奇，大到让人振奋和骄傲自豪，还是让我始料不及。单说一万五千吨的水压机，这个钢铁巨人，是一重人依靠自己的力量设计制造的国内乃至世界第一台具有自主知识产权的、最先进的自由锻造水压机，像一座山峰屹立在车间，标志着一重人的光荣与梦想。详细地了解了这台万吨水压机的前世和今生之后，我的内心感慨万千。从 1893 年世界上诞生第一台万吨水压机起，到目前为止，全世界制造的万吨以上级水压机也不过五十几台。一万五千吨级的水压机更是屈指可数。一方面，这是因为制造万吨水压机需要较高的技术能力和制造能力，非常人所想所为；另一方面，万吨水压机巨大的能耗及成本，使能够请得起"神"的企业却不一定养得起"神"，由此形成了敢想不敢做的循环。换句话说，如果企业本身不是"巨人"，制造个巨人出来也没有太现实的意义。向国际化大型企业集团迈进的中国一重实现了新的跨越，中国一重集团有限公司终于和中国的第一台一万五千吨水压机一起，向世人展示出无穷的潜力。如果说，一个没有强大军力的国家永远处于落后挨打的境地，那么一个没有强大的重工业支撑的国家便谈不上可持续发展。今天，当一万五千吨水压机投入使用后，我们终于可以说：中国装备制造业未来发展的道路更加宽阔了！它的诞生历程，应该说是天时、地利、人和综合作用的结果，三者缺一不可。无论是国家实施的振兴东北老工业基地的大环境，还是一重逐步从低谷中跋涉出来并实现产值连续四年高速递增的小环境，一切的一切，都为未来的发展提供了坚实的基础。

在富拉尔基，除了这座万吨水压机，一重广场上的毛泽东塑像同样给我留下了不可磨灭的印象。我在广场上徜徉，仰望着伟岸的毛泽东，心里思考着，这位东方巨人，在一重工人兄弟们的峥嵘岁月里是一种怎样的精神力量呢？我非常敬佩一重的工人兄弟，他们即使经历了难以承受的艰难时刻，却始终保持初心，不曾迷失方向。看看保存完好的塑像，我似乎找到了他们一路前行的奋斗轨迹和火红的梦想与坚持。中国一重——共和国装备制造业的长子，经过半个世纪风风雨雨的历练，如今已经走向了成熟。

中华民族从来就不是一个吝惜鲜血的民族，因为她深深地知道，鲜血濡养大地，使鲜花盛开。就像传说中的红岸，而我们的目标如此清晰，一直向彼岸进发。

阅读卡夫卡

有一年，我的一本新小说选集《弯弯的月亮》出版在即。

应出版社之邀，我赶往长春完成最后的校稿审定工作。走时匆忙，妻子为我准备的换洗衣服都忘了带上，但我却没有忘记带上卡夫卡的一本中短篇小说集。

初识卡夫卡，是和作家阿成先生聚会后的一次闲聊。谈起外国作家和作品，阿成先生说生前默默无闻、死后殊荣无数的卡夫卡虽然难懂，但是读懂了卡夫卡却能使一个作家身心受益。听了阿成先生的话，我开始了对卡夫卡作品的阅读：《饥饿艺术家》《修建中国长城的时候》《变形记》《审判》《城堡》……我从卡夫卡的寓言、短篇一直读到他的中篇和长篇。他的作品有对灵魂的考问，有对心灵的封锁，还有异形的嬗变等等。卡夫卡的作品虽难读，但却十分好看。卡夫卡是需要反复用心阅读和反复用心聆听的。

卡夫卡的《变形记》被誉为 20 世纪最有影响力的作品之一，是现代主义文学的奠基之作，作品情节看似荒诞不经，实则蕴含深意，触发了人类对自身生存处境的反思和现代人的困惑。这部作品对西方后现代主义文学的发展产生了极其深远的影响……

最初，我带着后来人的诸多评述阅读了这部作品。而后，几经岁月辗转，再读时内心却已积累了更多的对现实的体验。格里高尔的变形，其实所代表的是人类的一种恒久的理想。还记得小时候，我们曾无比羡慕齐天大圣的七十二变，今天的孩子则羡煞了变形金刚的百变神术和无所不能。变形似乎是童话的专利，但卡夫卡的《变形记》却是极为独特的，格里高尔在不自觉中忽然变形了，但他的变形却是如此之沉重、压抑，并带有世界末日般的恐慌感，丝毫不见童年的幻想与梦境。

卡夫卡究竟要告诉我们什么？初始的卡夫卡只是一个默默无闻、不被人理解的业余作家，但今天他却被称为现代派文学的一代宗师，甚至可与但丁、莎士比亚、歌德相提并论，就连他的名字也成为一个词语"kafkaesque"，它的意思是卡夫卡式的，代表受压抑和噩梦般的体验。卡夫卡对世界文化的影响也是深远的……

在清醒地阅读卡夫卡时，我听到了从不远处由风带来的松涛的低缓、深情的歌唱，当我感觉到四周松香阵阵时，恍惚间，我自己似乎也变为一个被别人所不识的"异形"了。

阅读吉根

的确是意外——猝不及防的意外，有一年，大年初五早上，我腰部突然闪伤，住进了一家军队医院。

也好，可以安心静养几天。

每天早晨6点半不到就醒了，这一刻病房里很安静，可以听到隔床病友轻轻的鼾声。打开病床前的灯，读爱尔兰女作家克莱尔·吉根的短篇小说集《走在蓝色的田野上》。

吉根的小说多是对自然的写真，看似漫不经心，生活是怎么样的，她就如实地去记录、去描摹，真实贴近，却能打动你的心。我被她的作品所吸引。进而想到，我们的写作为什么独独缺少了这样一份自然真诚，却往往因拘泥于"写什么"而大伤脑筋呢？

在此前，我读过吉根的小说《姐妹》，里面有这样的文字："夏天的早晨健康而清凉。她坐在那儿，头靠在奶牛温暖的体侧，看着牛奶在桶里跳舞。接着，她又去喂鹅，到蔬菜地里拔胡萝卜和防风根。远方蓝色的天空下，伦斯特山仍然和往常一样，令人愉快；燕子正在花岗岩牲口棚的屋檐下做窝。这就是她想要的生活，美好的生活。"当目光轻轻抚摸过这样的段落时，我分明能感受到一份美好和来自心底的深深的愉悦。

吉根的文字没有过度的技术处理，没有刻意的技巧，也没有花哨的冒险，人工斧凿的痕迹消失不见，一切都如自然生成一般清丽质朴，却内蕴光华，更有一份贴近心灵的歌吟与咏叹。

"只能做有限的事，但这有限的事里却蕴藏了无限的意味。"吉根的小说正是这样。有人说吉根是"以精灵般的笔触游走在爱尔兰的乡村大地上"，在她的笔下呈现的是极富质感，渐行渐远，却让人无比怀恋的乡村图景。"自小时对田园生活的稔熟，使得她能把一条河、一棵树、一只羊、一条狗，都写得栩栩如生，气息扑鼻。"

吉根以其独有的清新简约的笔法、冷峻克制的语调、看似散漫的结构，打造出独具韵致的文学质地，有让人期待的特殊力量。她的作品能让你深刻地触摸到人物内心的挣扎与痛苦，她笔下的神父、农民、护林员的女儿，都有各自的酸楚人生。"深邃的生活，复杂的人性，无奈的宿命"在其文字中一一被揭示。

回头再想，我们的写作受传统文学创作模式的桎梏太深，常常缺少改变和突破。这样一来，文字变得越来越匠气，越来越缺少鲜活的生命力，一旦文字变得死气沉沉、毫无灵动之气，怎能打动如今随时代而变，口味越来越多样而"刁钻"的读者呢？由此，中国的文学更何谈向着世界的门槛迈进呢？

或许我们的作家已经意识到这些问题，在寻求扭转和改变之路。不是已有人在努力挖掘原生态，把目光投向对"原始风景"的关注了吗？但有些作品读来感觉还是过于设计，扭转得不够彻底、不够自然。作品中的功利性和说教意味总是过多。当然，这段探索之路会很漫长。

读吉根让我明白，其实生活本身就有许多"什么"含在其中，只要作家善于倾听生活，并用心一一"复述"下来，读者自然能心领神会，而不必绞尽脑汁，人为设计一些要强加给读者的道理，否则只会费力不讨好。

吉根曾说，再离奇的想象，也要回到生活，从中产生细节。生活不需要让人相信，但小说的场景、人物都必须是可信的，让人感觉不是虚幻的，是来自生活的。

王充在《论衡·薄葬》中有云："事莫明于有效，论莫定于有证。"其大意是说对一件事最好的证明就是看其是否有效，对一个理论最好的检验就是看其是否有证据。吉根的小说恰好为我们提供了可靠而有效的证明，以及理论上的充分证据。

回眸经典，凝神静心去读一读乔伊斯、卡佛、特雷弗，读一读普鲁斯特、尤瑟纳尔，读一读吉根，我相信我们可以重新汲取力量，唤醒灵感。

此时，冬日清晨的阳光已轻盈地攀上窗台，带着橘红的色彩给病榻上的我以温暖的抚慰。

这一刻，从未有过的安详与幸福溢于心间。

凝视杜拉斯的面孔

　　1929 年夏，殖民时期的越南西贡湄公河，发黄肮脏的河面上漂浮着菜叶，轮渡上 15 岁少女头戴一顶男士呢帽，脚踏一双廉价但缀满珠片的鞋，她一只脚踏在舷栏上，目光望向远方，就这样伫立成一道风景……当年生长在越南湄公河畔的少女杜拉斯就这样出场了。

　　霸道地闯入我们视野的是杜拉斯年轻、忧郁，隐隐透着绝望气息的面孔。这样一张未经雕琢的面孔，就此烙印于我们的记忆中。

　　此后，桀骜不驯的杜拉斯开始了漫长而痛苦的创作生涯。在不间断的写作与酗酒、生存与沉沦的挣扎里，杜拉斯曾经美丽的容颜迅速衰老了，如她自己所言："在酗酒之前我就有了这样一副酗酒的面孔。""我变老了，我突然发现我变老了。"

　　《情人》完成时，古稀之年的杜拉斯，面庞上沟壑纵横，满布沧桑，可在她苍老的外表下，紧裹的却依旧是一颗无比年轻与激情跳荡的心灵。

　　杜拉斯苍老的灵魂深处蕴藏着无处不在、动人心魄的爱情。

　　1930 年的一天，十六岁的杜拉斯从家返回寄宿中学。过湄公河时，一个中国男子在渡轮上被她的美貌和异域风韵所倾倒，主动找她搭话，并用自己的私家车送她到学校。从此，他们相识、相爱了。这个男子叫李云泰，一个中国富商的公子，多情富有，充满男性的魅力，于是便有了他们隐秘、狂热的恋情。但李云泰的父母坚决反对，为了斩断这段情缘，他们在老家给他找了一个姑娘，并急忙操办婚事，而杜拉斯也要回到法国。

　　由于对未来没有期望和承诺，他们所能把握的只剩下在嘈杂的唐人街那间小屋子里的短暂的欢娱了！"那间房是黑暗的，被无休止的喧闹声围绕着，随着市镇的喧嚣，他们一次次地激情相拥……"

　　船缓缓地驶离港口，渐行渐远，她忍住了泪，望着她曾经生活过的这个地方……她并没有预计他会来送别，却突然看见远处那辆她熟悉的黑色的轿车！"他就在那儿，远远地坐在车后，那隐隐约约可见的身影，纹丝不动。"心如死灰的她，倚着船栏，像初次相遇般，她知道他是望着自己的，她也看着他，其实她已经看不见他，但她仍望向那车影，终于她再看不见什么，直到港湾渐远，陆地也不见……

她唯一的青春，等待了半个多世纪的反刍和积淀。直到 1984 年，杜拉斯才写作《情人》。1971 年，李云泰曾去巴黎，他不敢见杜拉斯，但忍不住给她打了一个电话。后来在《情人》中她写到了这个细节：他给她打了电话。她一听声音就知道是他。他说："我只想听你的声音。"她回答："是我，你好。"他有点发慌，跟以前一样胆怯。他的声音也突然颤抖起来。他说他和过去一样，他仍然爱她，他不能停止爱她。他爱她，至死不渝。

1984 年，杜拉斯写出了自传体小说《情人》，并凭此获得法国龚古尔文学奖，当时，她已 70 岁了。然而，对于 16 岁时与中国情人的那段经历，仍写得饱含激情，深邃无比。经历了时间的尘封、记忆的累积以及作家对历史俯瞰式的洞察，还有把故事寓于情绪之中如泣如诉、非线性的写法，杜拉斯式的写法：爱情故事之中交织着殖民地家族创业失败的背景、对母亲与兄弟的爱与恨、青春的希望与绝望……所有这些都以极端痛彻而悲情的语言方式表达出来。尤其是一个女人在暮年时分回首青春，对曾经的爱与恨都变得从容而平静了，时光淡化了所有。岁月赋予杜拉斯神奇的笔力，穿透思想，照亮灵魂，使悲剧显现出亘古未有的力量。

《情人》中那份伤痛、那份伤痛到绝望的无助，那份无法解释只可意会的辽远苍茫的美丽，是杜拉斯最为精彩的表达，也是最为撼动人心的所在。在从容不迫的叙述中，杜拉斯以文字的力量唤醒了我们内心深藏的欲念、激情和泪水。

杜拉斯在我们每个人的记忆中都是鲜活的、跳跃的，甚至是燃烧的。

杜拉斯把我们带入了一个凄迷、绮丽而遥远的艺术境界。随意变换人称，自由切换、穿梭叙述的时空顺序。尽管如此，我们还是能深刻体会到小说中透露出来的极具张力的绝望之美、冷酷之美、杜拉斯那阴郁苍凉的心境始终与读者紧密呼应着。她的小说在词与词、句子与句子、段落与段落之间创造了小小的空白，杜拉斯的空白。

杜拉斯以她的语言音乐，以她讲故事的方式以及诗化的书写，记录着自我的生命蓬勃与衰败。

当81岁的杜拉斯辞世时，巴黎的街头雨色空蒙，天地动情，只要一闭上眼睛，人们似乎就能听到她的声音。这是属于杜拉斯的声音，这种声音将会保存在我们的记忆里，永远挥之不去。

凝视杜拉斯的面孔，在深情与眷恋的凝视中，我们依稀又见到了湄公河畔踟蹰、徘徊的少女杜拉斯。

向着东方

　　大东北重新"出发"之后，我一直想实地走一走，看一看，感受一下重振雄风的黑土地到底发生了什么。这是一片令人魂牵梦绕的黑土地，她的光荣与梦想，深深地铭刻在每个黑龙江人的血液中，我们都怀着一腔热血啊！恰好，省作协组织了"龙江丝路带"作家采风活动。

　　2015 年 11 月 10 日上午，省作协主席迟子建在出发仪式上讲话之后，我随采风团踏上了东去的旅途。

　　正是黑龙江今年冬天第一场大雪初晴的时候，天空碧蓝，大地雪野皑皑，又一个美丽的冬季开始了。

　　车窗外的原野和森林呈现高纬度独特的景致。不知道是不是白雪覆盖的缘故，窗外的世界肃穆、庄严，又大气磅礴。我一路思忖着，风物格致，大抵也是造就人类心灵的因子，这片神奇的土地，这片辽阔的疆域，该复苏了吧？该大展身手了吧？

　　横道河子是此次采风重要的一站。当我的脚步踏上这个俄罗斯风格的小镇时，仿佛做了一次百年的穿越，重新回到了百年前的风云变幻之中，让人感慨颇多。中东铁路是屈辱与进步并存的铁路，就像一个醒目的警钟，始终盘旋在黑龙江上空，一百年都没有改变。而牡丹江畔的八女投江纪念碑和纪念馆，那么翔实、那么形象地展示了不屈的民族精神。同时，它更以另一种形式，将屈辱和自豪楔入我的思想情感深处。一个民族，贫穷就是落后，落后就要挨打。这是一个铁律，颠扑不破。每一寸经历血雨腥风的黑色土地，都在如此述说，并从历史的深处缓慢而清晰地走来，时刻提醒着我们。

　　我一路也在想，新的机遇，新的形势，无疑是黑龙江振兴的必要条件。党的十八大以来，"大东北"以从未有过的深度思考和行动能力，正努力行走在发展的快车道上。

　　在我们驶向口岸城市绥芬河的路上，窗外的景致和之前保持一致的格调，仿佛昭示着这片土地一致的信心、一致的干劲和一致的理想。但我知道，我的心还未有稳妥的安放，因为我还沉浸在历史当中，还未有一种可以让我的眼睛和心灵直接受到震撼的……什么呢？我还说不好。但我心意缠绵，有所感觉，我对绥芬河有一种现实的期待。

果然。

绥芬河是一个非常漂亮的小山城，人口不多，洁净、安静而充满活力。看看路上的行人、店铺、亮丽的有着异国情调的建筑，在冬日淡然而柔软的阳光中，显得自信而朝气蓬勃。绥芬河也是一个爽朗、开放和包容的城市，本地人、祖国各地的从业者、俄罗斯人，构成一幅轻松自在与斗志昂扬的和谐图景。我们走访了口岸，参观了新建的大国门，听取了绥芬河人的计划，看到了他们的作为的时候，也就明白了，绥芬河市容市貌便是绥芬河人精神状态的自然流露。作为黑龙江东部陆海丝绸之路经济带的一分子，绥芬河"桥头堡—枢纽站"的重要地位，让这个小小的城市，蕴含了巨大的能量。这是一幅怎样令人振奋的图景呢？把握中俄战略协作伙伴关系的重大机遇，以哈尔滨为经贸中心和合作平台，以绥满铁路沿线中心城市为节点，以边境口岸为桥头堡、枢纽站，以绥芬河—满洲里—俄罗斯—欧洲铁路和绥芬河—俄远东港口陆海联运为战略通道，积极谋划、加快打造连接亚欧的东部陆海丝绸之路经济带，加快基础设施互联互通建设，推动对外贸易合作转型升级，扩大对外开放深度和广度，为我国建设"丝绸之路经济带"和深化国际经贸合作做出新的、更大的贡献。在我看来，黑龙江的图画，是建设丝绸之路经济带战略思想的组成部分，带着黑龙江省委鲜明的决心和创造力。这是中国梦的一个温柔、极富创造力的细节，是中国梦的翅膀！

采风团一路向着东方，隐喻暗合了中华民族崇尚的哲学思想。一路向着东方，穿越关山，奔向整个世界，然后，重新回归，坚守东方华夏之根。这是一个圆，圆满的圆。但当我们上路的时候，必须一路向东，向东，向着太阳升起的地方……

呼玛三章

在黑龙江边，有一座百年老城，因为独特的地理位置和作用而声名鹊起，它就是呼玛。

呼玛历史久远，早在明清时期就有详细记载，史书上称其为呼玛尔。

呼玛县位于大兴安岭东麓，黑龙江上游西南岸。西部和北部与新林区、塔河县毗邻，南部与黑河市爱辉区、嫩江县接壤，东部与俄罗斯施马诺夫斯克市、斯沃博德内市和马格达加奇区隔江相望。呼玛县对俄边境线长达371千米，是黑龙江省对俄边境线最长的县份。

呼玛尔

呼玛尔，一个看似普通的地名，却因历史上一场著名的中国军民抗击沙俄的战斗，让人们记住了它，并且铭刻在心。

走在黑龙江边，呼啸而过的江风似乎从心底穿越而来。那一刻，我看着不远处界碑上的红色字迹，我的思绪被嵌入冷兵器时代，在历史与时光的交错中，一个高高大大的身影向我走来，他就是抗击沙俄的名将萨布素。

历史的画面从眼前一页页翻过：

1683年，萨布素率兵进驻呼玛尔，建设了呼玛尔木城，屯兵、贮粮、泊船、斥候，作为清政府抗击沙俄入侵的前沿城堡。

呼玛尔古战场旌旗招展，声声马嘶。鸟枪、火炮和刀矛、盾牌，让侵略军伤亡惨重，势不能支，最终取得捍卫领土的胜利。

在呼玛的博物馆内，历史的硝烟凝固成了音像教材，而成为音像教材的历史，形象地喻示了过去、现在、未来之间的某些关联。

正祺路

在呼玛，有一条路叫正祺路。正祺是一个人的名字，他是一位英雄。走进这条路的时候，我站在路边，怀着敬意，向这条路深深地鞠了一躬。

这位英雄叫荫正祺，是呼玛县第一任县委书记。

呼玛县志上有这样的记载：

荫正祺（1919—1946），山西省沁源人。延安抗大毕业。1946年夏，荫正祺奉命由西满军区到黑河地区剿匪。8月，任中共呼玛县委书记，9月，任鸥浦县委书记。1946年11月7日，在呼玛县三合站与当地土匪武装作战中光荣牺牲，时年27岁，葬于呼玛县烈士陵园。为纪念荫正祺烈士，政府将其牺牲地安干卡村命名为正祺村，将呼玛县呼玛镇主干道命名为正祺路。

我在百度里输入"荫正祺"三个字，一下子出现若干条，我随意点开一条，内容是介绍他牺牲的经过：

1946年11月6日，鸥浦县政府参议赵志民发动叛乱，组织了60多名土匪进攻鸥浦，荫正祺组织了20多名军政人员英勇还击，打退了敌人多次进攻，我军伤亡较重。为保存实力，荫正祺决定连夜撤回呼玛。1946年11月7日下午，荫正祺率部队行至三合站南大沟山路时，不幸中了土匪的埋伏，土匪居高临下，荫正祺和他的战友们处境十分危险，只能借着路边大树的掩护，还击敌人。激战中，荫正祺等6名同志壮烈牺牲，8人被俘，只有2名同志脱险。

荫正祺牺牲时，只有27岁。

站在这片土地上，我突然想到，呼玛这座城是用血堆起来的呀！

北红玛瑙

在中国的玉石界，盛传这样一句话：盗墓倒斗，不如到呼玛捡北红玛瑙。可见，呼玛的北红玛瑙在业内有很高的知名度。

黑龙江、嫩江、呼玛河如血脉贯穿呼玛全境。亿万年来，大兴安岭经历了沧海桑田的变迁，地壳运动、火山爆发、江河易道，为后人们留下了宝贵的地质财富。

呼玛盛产黄金，有一百多年的采金史。2003年全面停止金矿开采后，呼玛县黑龙江流域一种随处可见的石头——北红玛瑙，便走进了人们的视野，成为当地一项支柱产业。

在呼玛各宾馆前厅商橱和街铺上，北红玛瑙制作的手镯、烟嘴、项链、把件、车挂……品种丰富，达到百余种。

呼玛有个开江节，已经持续了几届。作为与开江节配套活动的"观赏石大赛"，每年都吸引国内外众多的玉石收藏者前来淘宝。

据说，今年的开江节，一个来自厦门的玉石收藏者在呼玛的一个玛瑙小作坊里，花几十元买到一块毛料。回去后，这块毛料被仰光的一个玩石高手发现，开价一百万。

信不信由你，有时土坷垃也会变成金块子，这就是大江转弯的哲理。

每年的夏季，在呼玛的黑龙江边上，很多人捡拾被江水冲出来的玛瑙。江滩上的玛瑙，似乎被赋予了重任——富庶百姓，吉祥安康！

金湖，我是你相约一生的缘分

金湖对我来说，本来是个陌生的地名，却因为一个人——金虹，因为一个活动——"全国知名作家看金湖"，而让我与美丽的金湖县相识相知，成就了一份美好的缘分，一个隽永的回忆和展望。

金湖县是江苏省淮安市下辖县，位于江苏省中部，因境内白马湖、宝应湖、高邮湖三湖环绕，因此定名"金湖"，象征资源丰富，日出斗金。

这个美丽的地方有不同寻常的过往，与两个伟大的人物密切相关，一个是尧帝，一个是周恩来。尧帝古城使金湖的人文历史更加厚重，而敬爱的周恩来总理亲自确定了金湖县的县名，从此，这个名字熠熠生辉。这个苏北水乡的小城，像专门为解释"人杰地灵"这个词汇似的，丰饶而美丽，古朴又时尚，厚重又现代，将过去、现在和将来以一道亮丽的风景线贯穿起来。

不，岂止这些？它简直太神奇了。

走南闯北，我也着实走过不少地方了，但是金湖的万顷荷花荡还是让我震惊了。万亩，在气势上已经豪气地勇夺全球第一，而荷花荡的美，真是美得恣意，美得大气磅礴。七月，是金湖荷花荡最美的季节，我们有福啊！阅尽人间春色，不如在万顷荷花荡上畅游一番。人在荷花荡中游，就仿佛在画中行。满眼醉人的绿和优雅的粉，满腔满腹的清香雅趣，创造出一种和谐之美。这真是造物主最神奇之所在，两种纯净的颜色构造出的和谐，传递着一种哲思，让你不由自主地展开美好的想象：这万顷荷田，或者就是鸿蒙初开时最先亮相的色彩，代表造物主的初心。人之初，性本善。如果人类诞生之时，就与美丽清雅的荷花相对相视，相濡以沫，身心怎么能够不洋溢着真善美呢？这样一想，禁不住又任由思绪飞翔了，正是荷花的精气神，濡养了金湖这座美丽的小城，濡养了金湖美丽的姑娘，让这一切成为一道耐人回味的风景。

我来自东北黑龙江，黑龙江是东北三省水利、森林资源最丰富的地方，但我还是被金湖的水上森林公园迷住了。多美的水杉，多美的森林！当我泛舟林中的时候，某一刻，我有一种恍惚的感觉，不知道自己身在何处，也不知道自己是在梦中还是现实中。水杉森林给人美梦成真的感觉。我羡慕嫉妒金湖的老百姓了，你们有了上帝赐予的万顷荷塘，金湖的人民，我不知道你们到底有多么好，才让大自然赐予你们如此仙境！但我知道，聪明智慧的金湖人民，你们值得拥有。水杉森林，具备了仙境的许多要素，清澈灵动的水、奇诡的造型、高大挺拔又森然优美的大树。这是一个童话世界，有鲜花，有鸟鸣，有氤氲于树叶间的幻想。这给美好的心灵预备好了一切，敦促你开启神奇之旅，谁知道你会与谁相逢呢？白雪公主，三只小猪，小王子，还是光头强？只要你相信美，向往美，那么什么人间奇迹都会发生。

两天的行程，满溢的美，似乎也不能说尽金湖，无论是薄雾笼罩的金湖晨曦，还是花灯初上的灿烂之夜；无论是白马湖泛舟，还是尧帝古城的怀旧；无论是金湖大桥的气势，还是小龙虾的美味，都不能完全涵盖金湖。记得在荷花荡上，《大观》杂志主编张晓林先生说："金湖是个神仙也不忍离开的地方。"我想，张晓林主编无意中道出了大家的心声。金湖这座有着悠久历史的小城，到处飘散着文化的味道，每一个到这里的人都会爱上它，即使神仙也会把它当成又一个瑶池仙境。

再见了，金湖！但我会再来的。而且，我会让更多的人认识金湖，相约金湖。

夜读伊姆莱

有一年第一场大雪的那个冬夜，我出差到加格达奇。

车上，枕着列车擦过铁轨的隆隆声，我在读伊姆莱的作品。

读伊姆莱，已经读了很久。

从小说《命运无常》《惨败》到《给未出生的孩子做安息祷告》《英国旗》，再到随笔集《船夫日记》《另一个人》及《被放逐的语言》。

伊姆莱的文字总是令人激动不已。

阅读伊姆莱，在我个人的感觉上，不只是在读小说或随笔，而是在阅读伊姆莱自由的精神和无比丰富的心灵。从另一种意义上讲，我更是在阅读熔铸着他所有情感和灵魂的语言，而这种语言，只为伊姆莱所独有。

"然而，就在这一刻，我仿佛站在生与死的门槛上，什么也不知道，什么也不理解，身体向前冲着死亡，而头却回望，朝着生活的方向，我就要迈开的腿迟疑地抬起……将要去哪儿？其实都一样，因为，这个将要迈步前行的人已经不再是我，而是另一个人……"

一个作家敢于无畏地把自己置身于"另一个人"，敢于直面自我，深刻地剖析自我，单凭这样的勇气，就足以令我敬佩了，真的。

凯尔泰斯·伊姆莱 1929 年 11 月 9 日出生在匈牙利首都布达佩斯一个犹太人家庭。14 岁时被关进臭名昭著的奥斯维辛集中营，后来又被转移到布亨瓦尔德集中营，直到 1945 年二战结束。这段牢狱生活带给伊姆莱不可泯灭的痛苦记忆，他的第一部小说《命运无常》便是以这段生活为背景创作的。此后他又创作了长篇自传体小说《惨败》《给未出生的孩子做安息祷告》，中篇小说集《英国旗》，随笔集《船夫日记》《另一个人》及《被放逐的语言》。

奥斯威辛是伊姆莱无法摆脱的魔鬼，这就像俘虏们额上的烙印。他的写作从奥斯威辛出发，也必将终止于奥斯威辛。独特的经历，丰厚的创作，使伊姆莱终于荣获了 2002 年度的诺贝尔文学大奖。

"向芬尔达芬致意。湖水。群山。湖畔的林荫道。朋友们。

在芬尔达芬，我感到宿醉后的孤单。雾。我徒然地与笔、与纸、与自己较量着。

在慕尼黑散步。我寻找着著名的施瓦宾格别墅。没有找到。或者说：我找到的，并不是我要找的。

当我刚一踏上山腰空地的小径，一股花香就伴着早已久违了的黄昏的忧伤扑面而来……片刻之间，所有的乡愁都变得像某种似曾相识的失落感一样难以把握……"

读伊姆莱的语言，我兴奋得几乎要手舞足蹈。

兴奋之后，伊姆莱的语言突然叫我冷静得想哭。

伊姆莱的语言写人、写事、写情、写景，一切自然而然，水到渠成，语言自由洒脱，简练精辟，是文学中的极品。

伊姆莱的语言太美、太妙、太生动！

"她走了，并且带走了我生命的绝大部分，她带走了那段时间，在那段时间里，我的创作从开始到完成：她带走了一段岁月，在这段岁月里，我们是如此相爱地生活在一个并不幸福的婚姻里。我们的爱，就像一个满面笑容、张着胳膊奔跑的听障孩子，慢慢地，他的嘴角弯成了哭的模样，因为没有人能理解他，因为没有找到自己奔跑的目标。"

妻子的病逝，对伊姆莱是一次致命的打击，于是有了上面这段人类文学史上最真、最美、最令人动情的关于爱情的文字。

事实上，伊姆莱是一个永远的精神流亡者，在流亡途中，通过祖国对自己的否定，证明了自己在这个国家里的存在。伊姆莱通过自己半个多世纪的磨难、思考、写作，像诗人拜伦一样走过了一条"通过自我否定而重生的道路"。

伊姆莱的语言是对自己思想轨迹最系统的描写，是对自己创作灵感最精确的捕捉。

仅以我个人而言，我们的写作者真的应该聚精会神、全心投入地读一读伊姆莱的语言了。

伊姆莱以其浸透着苦难的、极为独特的语言叩首苍生，真正走进了读者的内心。

当他得知自己荣获诺贝尔奖时，他笑了。笑得那样伟大。

第三辑

文学天空

遥望伊河路12号

壹：感动

对于郑州伊河路的记忆，几乎刻在我的脑海之中。

每当惆怅落寞或工作闲暇时，我总要回忆一下这条和我的青春追求相关联的路。

这种回忆是亲切的，也是让我感动的。

常常想念伊河路12号的那座小楼，以及生长在这座小楼里的《小小说选刊》。

这种回忆和想念，给予我一种超乎我自己想象的力量。

这种力量来源于小小说。

有了小小说，心就没有了杂念，对俗事纷扰我开始不屑一顾。

我要固守自己纯净的心灵家园。

这种改变，让我感动了……

贰：敬业

在中国，记住伊河路12号的人，我想不仅仅是我一个；回忆它的人，应该数以万计，汇成一条20多年奔流不息的河流。

在这种温暖的回忆中，或许大家会不约而同地想到一个传奇式的人物——杨晓敏。

毋庸置疑，杨晓敏主编是中国当代小小说领域的重要组织者。

他以超前的意识、敏锐的思想、独到的办刊理念，使中国的小小说事业越来越红火。

纯文学最低迷时，小小说却红红火火。

2000年，《小小说选刊》的月发行量最高时竟达到64万册，而同一年度，全国众多纯文学期刊的月发行总量为120万册。

奇迹！所有的奇迹都是强者创造的。

我突然想起了天道酬勤和时势造英雄、英雄造时势这些话。

2006 年夏天，哈尔滨的空气里弥漫着燥热难耐的味道。

杨晓敏在这样的一个季节，顶着正午的阳光走进了哈尔滨。

他对我说，他这次来主要是考察一下《小小说选刊》和《百花园》在哈尔滨的发行情况。

我们打一辆出租车，去南极图书批发市场。

不巧的是，去的途中塞车了。他问我："还有多远到达图书市场？"

我回答说："步行得 20 分钟。"

"走，我们下车步行，下午我还要去长春市场考察。"

我们下了出租车，在炙热的阳光里步行去图书市场。

到达后，他顺着摊位挨个找批发商谈话，从期刊的内容、纸张、版式、插图、价位等逐一询问了解，并做详细记录。

从图书市场出来后，他宽宽的脊背，被汗水洇湿一片。

他告诉我，这样的图书市场，他要一个一个地走一下。

他把小小说定位为平民艺术，他自己也不是高高在上闭门造车的人。

当天下午，他就又从哈尔滨出发，赶往长春了。

杨晓敏是一个思想深刻的人，阅读他得从他的思想深处开始。

他用自己不凡的思路，成功地策划了小小说领域的一次次提升活动。

自 1995 年在北京举办"首届当代小小说作家作品讨论会"以来，几乎每年都举办类似的重大研讨会、笔会、颁奖活动和征文活动。

迄今为止，《小小说选刊》两年一度的全国小小说优秀作品奖已经评选了 12 届，《百花园》读者推荐奖已评选了 10 届。获奖作品广为流传，在广大读者当中产生了深远的影响。现在设立了"小小说金麻雀奖"，以此为契机，全力打造中国小小说作家的主力阵容。此外，还举办了数十次全国小小说征文大奖赛，参与人数达到数十万，从中发现和推出了很多文学新人，进而团结了一大批小小说的写作者和爱好者，让小小说遍地开花，团队兴旺，人气十足。这对提高阅读者与创作者的整体素质，提振疲软的当代文坛同样是功不可没的。杨晓敏主编扎扎实实地为小小说的发展成功地探索出一条前无古人之路。

叁：阅读

杨晓敏既是我敬重的老师，又是我的兄长。

我常把电话打过去，称他为杨大哥。

与杨晓敏老师第一次见面，是在1994年的冬天。

那一次，针对我的小小说创作，他和我谈到了阅读。

他感到我的阅读略显局限。

他说："阅读对于创作既是基础又是飞跃。"

我记住了他的话，开始了对阅读的恶补。

在阅读"三言二拍"、《笑林广记》、《世说新语》、《史记》和汉魏六朝小说中的精短篇佳作时，我"漫卷诗书喜欲狂"。像《搜神记》中的《干将莫邪》和《笑林广记》中的《人情若鱼》，像《列异传》中的《宋定伯捉鬼》和《史记》中的《刺客列传》等，篇篇精彩，煞是好看。面对浩如烟海的西方作家作品，我更热衷于阅读果戈理、契诃夫、莫泊桑、欧·亨利和杰克·伦敦等人的优秀短篇。在感觉上，似乎只有精致而动人心魄的短小作品更贴近我的心灵。于是，我的创作趋向与审美不断走近简约精致的小小说。我认为自我的生命价值更多地孕育于日常的创作之中。对于文字的热爱与写作让心灵变得纯净而透明。

和杨晓敏老师长谈的那个夜晚，对我来说是异常快乐的，是弥足珍贵的。

我更加感觉到文学的形态与气味，第一次触摸到了文学的本源，领悟到文学创作与阅读密不可分的关系。

肆：补缀

2008年秋天的一个午后，我站在办公室的窗前遥望郑州。

我又开始了对伊河路12号的回忆。

这种回忆温暖、亲切。

这种回忆永远不老。

朋友徐岩

在我写这篇文字的时候，哈尔滨已进入晚秋了。办公室窗外的树叶已经铺了黄黄的一地，没有了一丝生气。

晚秋的一场冷雨，更让我心生莫名的怅然。每当这个时候，我最喜欢做的就是读小说，而且必须读熟悉的好朋友写的小说。

这样，我的心才会在阅读中渐渐变得温暖起来。

今天，我阅读的是好朋友徐岩的小说《河套》：

"抱柴的人往河套边上走的时候，天下雨了。

那些散在河套边上的柴垛，大大小小的就被摺在雨雾里面。"

这是徐岩小说《河套》的开头。

我喜欢徐岩小说的这种叙述方式，进入情节很快，一开篇就把读者带入小说的情景中，使人不禁想起故乡，想起少年时在故乡河套边上戏耍的场景。

好的小说能让读者在不同的角度产生不同的享受，从中感受生活，回忆往昔，从而产生共鸣。这是文学艺术的功效，而徐岩凭借自己的写作功力，较好地实现了这种艺术的功效。

徐岩的小说中，记录的大都是小人物，让人读着很温暖亲切。

知道徐岩这个名字，是在几年以前。

那时，他的名字经常出现在全国各大文学期刊上，现在亦然。

只要翻开《小说选刊》《小说月报》每期的报刊小说目录，徐岩的名字总会频率极高地出现。

与徐岩谋面，是在2004年冬天落雪时节。我出差鹤岗小城。

当时，徐岩就居住在这个城市。

在一家酒馆，我们推杯换盏。席间，我不无敬佩地问徐岩："你哪来的时间写出那么多作品？"

徐岩回答我说："我把别人休假、娱乐的时间都用在写作上。"

徐岩这种纯粹意义上做文人的精神，是值得我们同道学习的。

后来徐岩调到省城工作，随着交往的加深，我们成了朋友，是那种可以坐在一起，以诚相待的朋友。

和徐岩成为朋友后，徐岩常从逝去的岁月履痕中，捡拾一些自己难忘的记忆，毫无遗漏地捧给我。

他说他从小就有当作家的梦想，而当他考入军校，穿上军装以后，作家的梦在他脑中愈发清晰地显现出来。

为了梦中的橄榄绿，他开始苦苦追求。

光阴暗里流度，惚惚若梦。

几年后，徐岩的梦终于实现了，他发表了大量的文学作品，有的被改编成影视剧，有的被译成外文介绍到国外，并连续两届被黑龙江省文学院评为优秀作家。

作为好朋友，我真心祝贺他。

徐岩写中短篇为主，但也写小小说，而且有多篇获奖。他的小小说也尽显功力，尤见在细节上。

因此，我有理由说，徐岩今后的创作会越来越好。

安石榴印象

安石榴是我的黑龙江文友。

安石榴写小说。

2008 年以前，我并不知道黑龙江有一个写小说的，叫安石榴。那是 2008 年秋天，我在外面公出，小小说作家网组织全国性的小小说新秀选拔赛。我公出在外，并未关注这个赛事，直到比赛后期，吉林作家于德北打电话告诉我，说黑龙江有人才呀。我才知道有一匹叫安石榴的黑马在小小说比赛中脱颖而出。我在小小说论坛上看了她的几篇参赛作品，眼睛一亮，的确不俗。倒不是说写得多熟练，恰恰相反，从文本中看得出这是一个新手，文笔朴拙生疏，但是大气磅礴，自成一格。于是我很兴奋地在论坛留了言，我们就这样认识了。而比赛是四轮淘汰赛制，最后胜出十名，安石榴屈居第二，算得上实至名归。2009 年春天，我们又同时参加《百花园》组织的笔会，一路同行，我才开始了解安石榴。

刚一接触，安石榴给人一种文静内敛的印象，外形瘦弱，低能量的样子，表情有点淡漠，和她爽利有力的文风不太搭界，相处下来才发现，所谓“文如其人”也是靠谱的一句话。

安石榴的性格有大气的一面，我有时戏称她有点儿像个爷们儿。她对一些细小的事情常常忽略或漠不关心，在很多事儿上不会斤斤计较，也不关心别人对她的看法。让人觉得和她相处是极容易、没有负担的事情。不知道是天性如此还是后天高明的选择，但看得出来，这样的个性，让她获得了很好的写作环境，她专注而与世无争，热忱而执着。

是的，安石榴是个对写作认真而虔诚的人，她真正的写作时间很短，起步较晚，但我认为，她的进步是明显的，越写越好。

安石榴是凭小小说写作进入文坛的。她的小小说《大鱼》《关先生》《萨布素的信使》等有浓郁的东北地域特色，而这特色又不是猎奇的、戏谑的。

这使她的小说很容易与其他同类题材区别开来。她创作了一系列以东北往事为题材的老故事，有传奇特色，但与常见的传奇又有天壤之别。她的传奇是人的传奇，不忽悠，不杜撰，不搞怪，从文字里看得出来夯实的生活底蕴和纯正的文风，因而充满了正能量。她对东北这块土地的爱是真挚的、热烈的。有时候我暗暗想，安石榴的东北风作品，可能对矫正人们对东北的偏见会产生一些好的影响吧。她塑造的东北人，她描写的东北风情，是充满生命活力的、壮美的、明朗的。也许这一点是读者的共识，安石榴的小小说传播较广，有自己的读者群，不仅《小说选刊》《小小说选刊》《读者》《青年文摘》等广泛转载，也被收入各种文本、题库，作为中考试题以及各年级试题、高考强化训练，甚至被大学课堂所用。但安石榴似乎并不满足于一种文体的写作，她也写散文、短中篇小说。她写了短中篇小说，会给固定的几位文友"赏读"，我有幸是其中之一。我们大致有一个共同的认识，觉得她在路上，但是，我们也都从她的文本中看到潜在的能力，认为她行。因此我们觉得，虽然安石榴目前还在路上，但那显然已经是一条文学的宽广之路了。

　　我写到这儿，有一点想笑，是不是太严肃了。这真不是我一贯的风格。但是我也有一点顾虑，毕竟安石榴是个女作家，掌握分寸是必要的，谁也不愿意给自己找麻烦，虽然她不是个麻烦的女人。但不说点别的，爆点料，也对不起对安石榴本人和作品感兴趣的读者。我觉得安石榴有点傻，傻里傻气的，挺可爱，现实生活中她真的不是个敏感的人，过于率性了，显得有点懵懂。比如我们参加笔会，晚上有各种兴趣的组合，再来一场小范围的聚会，她常常不乐意参加。喜欢宅在宾馆的房间里。不乐意参加也就罢了，找一个合适的机会和理由吧，她不，走到半路，突然说"啊！好冷啊，我不去了"，于是扭头就走，一分钟都不耽搁，把组织者弄得一头雾水，而她呢，没事人儿一样，并未觉得做得不恰当。我也是开玩笑，给她起了个外号叫"安大傻"，结果她强烈不满，立即反击，并且扩大了范围，从此以后，东北不仅有了"安大傻"，也有"于大傻"、"袁大傻"了。这是件欢乐的事情，安石榴这个人的直白和率性也由此可见一斑。

　　从写作角度讲，安石榴也有一根筋的时候，我们进行互相"赏读"这个程序的时候，她是言无不尽的，怎么到位怎么说，对远离祖国、旅居新加坡的文友也是这样，并不考虑对一个背井离乡的人，是应该尽量悠着点提意见的。而我们给她提意见时，她大多很客气地致谢，却坚决不予理睬。

还是回到安石榴的文本上来。安石榴在邀请我写这篇印象记的时候，把她的新作《四十七》一同传到我的邮箱。我很认真地看了一遍，第一个感觉是读得下去。我个人认为这是十分重要的。我记得汪曾祺先生对小说的语言有过一番高论，他认为语言有四个特性，即"语言的内容性，语言的文化性，语言的暗示性，语言的流动性"，而一篇小说的魅力之处，首先就在于语言，小说的语言是浸透了内容的，渗透了作者的思想的。如果我们看一篇小说，看了三行看不下去了，就是因为语言太粗糙，语言的粗糙也就是内容的粗糙。这几句话也是汪曾祺先生说的。从这个角度说，《四十七》赢了。

作为多年文友和好友，我希望安石榴的写作之路宽广顺利，因为她值得拥有一个文学的好前程。

爱与哀愁

在写这篇文字的时候，我的耳边又响起德北酒后在电话里经常给我唱的童安格的歌——《爱与哀愁》：

走在风雨中我不曾回头
只想让自己习惯寂寞
如果在梦中没有你没有我
能不能够让自己不再难过
爱并不会是一种罪过
恨也不会是一种解脱
爱与哀愁对我来说像杯烈酒

我知道，歌声中的德北内心是真实的，甚至是透明的。

如果一个人真的可以对应四季，我想于德北对应秋天。

德北有一双秋天才有的澄澈的天空一样的眼睛，和一棵秋阳下山谷中小草一样忧伤的心灵。我并不确定这种性格给他个人生活以怎样的影响——想必一定是有影响的，甚至巨大，并难以言说，我只知道一旦落在纸上，就立刻成为一种纯美的文字、情感和整个世界。

在我这里——不是眼里，而是我的整个世界，德北是个很好的作家、诗人、画家和歌唱家。他有一种气质，仿佛活着只为敞开胸怀拥抱这个绚烂的世界，只为证明这个绚烂的世界，因此他要开动所有的器官去发现、感受和表现。这样让他在日常生活中常常显得有点疯魔和可怜兮兮的，是时下所谓那种不按常规出牌的人。但是，他可爱、本真，甚至是放肆的。不言而喻，这些词汇落实在现实中会有诸多不便，甚至是对别人的冒犯和误伤。然而，我十分乐意包容他，只因为一点，我面对他，总有一种面对自己初心的感觉，熨帖并有意义，有价值。

我们相识不少于三十年，三十年中有人以各种方式离开了，或者也可以说，我以各种方式离开了他们，但是，我和德北互相没有离开，也不会离开。那么我们之间是一种怎样的关系呢？二十四小时，我可以在任何时段听他的电话，他说："哥我忧伤了。"在电话这边，我的心一沉。虽然我知道这是一位作家的忧伤、一位诗人的忧伤、一位画家的忧伤、一位歌唱家的忧伤，但我不能视而不见、听而不闻。你问我为什么。我并不能一霎时就说得清，可是我就是有那种感觉：我要和他一起忧伤。我觉得我已经被他套牢了，因为这种事情已经发生过无数次了，每次我的心都是一沉，从无例外。那么从德北的视角谈我们的关系，或者可以举个事例：有一年我出差，回来时路过长春，当然路过是路过，下不下车是另一个问题。但是不下车指定不行。那是一趟绿皮火车，凌晨一点半到达长春。几乎没什么乘客，整个车站都是困惑和孤寂的模样，在昏黄的照明灯下，我看到一个孤独的身影，他靠在出站口的铁栅栏上，我的眼睛一湿。我要说的是，许多年过去了，我的这个感觉从来没有变得陈腐。

我觉得写作对于他来说是天命。如果这是一个问题，回答这个问题，不仅需要他的天赋，也必须剖析他的爱与哀愁，但我知道并不是人人都想这么做，这可能就是我坚持在他身边的理由之一。我从不厌倦他，虽然他和你我一样都有缺点，但是这不是问题。问题是，我喜欢读他的散文、小说、诗歌，喜欢他给孩子们画的画，喜欢他在情之所至时的引吭高歌。他的生命是纯粹的，他文字营造的世界，我毫不夸张地说，就是我们已经在文明世界丢失很久的又真又纯的一种空间。你懂的，并不是说他不写丑，只是那丑也一律带着纯真的模样，令你叹息着慨然接纳。

德北就是这么一个人，是一个即使有缺点，也值得爱戴和原谅的人。

德北是属于秋天的，那么他必然肃杀，但是他的肃杀是向内的、自我的，就是说他只把他的肃杀留给自己。对于这样一个厚道的人，我们还是爱他吧。就像秋天，有人觉得它太悲凉了，可是作为四季中的一个季节，不可或缺。

我养成了一种习惯，经常在不同角度上，理性地分析德北的爱与哀愁。他的爱与哀愁都是纯粹的，不做作，他很真实，甚至透明！

怀念奎山

说起来真是伤感，和奎山兄认识得很晚，阴差阳错直到 1996 年我的小小说《身后的人》获得了《小小说选刊》第六届优秀作品奖，我和奎山才在颁奖活动中相识。

奎山为人低调内敛而克制，不喜空谈。回想起来，我们在一起总是抽烟的时候多些，并不谈论什么，但是我们分手之后，倒是交流得更好一些，不定时打个电话、通个信，通信是固定和长期坚持下来的，文人之间的联络都是很纯粹的，谈谈文学、各自的手头活计、一些体会和感悟，觉得很好，心里温暖熨帖，有股子劲儿。男人之间的交往大多如此。直到通讯越来越发达，网络变得极其便捷，大家都不再写信为止。随着时间的推移，联络方式的多样和便捷，通信虽不再，但我和奎山兄的感情越来越好，可交流的范围也越来越大。我在心里很敬佩他，我觉得奎山兄定力足，锁定目标不放松，有大家风范。而我对身边的社会生活过于敏感，会受到一些暗示和影响，关注一些别的事物，一度写小小说写得很少。但奎山兄并不多言，只是在我不多的作品发表出来的时候，他一定比我还重视，看到了马上就给我打来电话，要谈一谈，给我很多鼓励。当我重新全情回归文学创作的时候，我听得出他在电话里的声音轻快而明亮。我自有一种不易言说的感动。

奎山兄潜心文学，交游不广，这自然是专注文学的正道，但是兄弟情谊所致，我每每觉得他应该出来走走，走得远一点，放松一下身体和心情，可能更有益于他的创作，所以，我几乎每年都邀约他来东北看看，来哈尔滨玩玩。我告诉他，我来接待，一定让他吃好、住好、玩好。他总是笑着推辞，说以后再说，以后再说，总像是有无尽的重要事让他不能随意拔脚。

有一年，我在一本杂志上看到奎山兄的小说《姐姐》。小说写了一位河南姐姐，远嫁到黑龙江边疆地区。故事写得十分动人，姐姐为了娘家人能活得好，等于牺牲了自己的青春，远走他乡。而且在之后的日子里，又不断地往娘家寄钱寄物，姐弟情谊也深沉动人。小说结尾写到弟弟去看姐姐，才发现姐夫已经卧床，而姐姐完全担负起养家重任，每天都在风雨中奔波劳作。我一时被小说感动而忘了文学和现实的关系，不假思索，抄起电话就给奎山打过去，埋怨他为什么有姐姐在黑龙江而不说给我听？我可以去帮助姐姐。为什么奎山兄你到黑龙江来却不来找我？奎山兄不急不躁，听我爆发完了，淡淡地说："炳发，小说嘛，虚构的。"这事儿现在写出来有点像笑话，但在我心中自有一番余味。深想一下，颇为感慨，到要细说一下时，又似乎不知从何说起了。想想这些年接待朋友无数，却再也不会有奎山兄的身影了，真是悲从中来，痛哉！

君子之交淡如水、深似海，感觉我和奎山兄之间的关系就是这样的，有一种静水深流的样貌，即使奎山兄已经离开五年了，那些最珍贵的记忆非但没有消失，反而历久弥坚了。曾经说过的话，唠过的问题，都犹在耳畔。我知道实际上我和奎山兄最投缘的所在就是对文学的热爱。路途漫长，一直有奎山兄的身影做引导，这路途虽然艰苦，却是不孤单的。

澳门拜访均铨君

和许均铨先生的交往始于 1995 年。

1995 年的秋天，均铨先生代《澳门日报》向我约稿，并说我的作品很接近该报副刊的风格，嘱我一定寄过去一些作品。

这样我就有一些小小说作品发表在《澳门日报》的副刊上，和许均铨先生也有了一些交往。书信来往中，我知道许均铨先生是缅甸归侨，常给《澳门日报》小说专栏投稿。

我和许均铨先生虽神交已久，直到 2001 年的 6 月初，才有了和许均铨先生见面的机会。当时我结束韩国之行，还要到香港、澳门。在韩国飞往香港的飞机上，我便想：到香港后就给许均铨先生打电话，告诉他我不日就要到澳门与他会面。下了客机，在香港九龙城沙浦道富豪启德酒店内，我一遍一遍打给许均铨先生，但电话都无人应答，直到离开香港也没和许均铨先生联系上。到达澳门那天，一直下着雨，灰色的天空和豆大的雨点把我当时的情绪弄得很糟。人这样的心情很容易想起亲人和朋友，我当时又想起许均铨先生。我终于在游澳门妈阁庙的途中，再次拨通了许均铨先生的电话，这次我喜出望外，终于联系到了许均铨先生。均铨先生在电话中问我："您在哪里？"我说："已到了澳门。"听得出许均铨先生也很兴奋。他说："这不是做梦吧？"然后，我和许均铨先生约定了时间。

当许均铨先生出现在我下榻的总统酒店时，我们的双手就迫不及待地紧紧握在一起，然后便是紧紧拥抱。

晤面的当晚，均铨先生请我到南湾区鼎泰丰酒楼用餐。

均铨先生从来滴酒不沾，但这次破例陪我喝酒。我们谈到内地小小说圈中的朋友，也谈到均铨先生的作品，他的作品主要在《澳门日报》发表，内地的《百花园》《小说界》《文学报》《小小说选刊》《微型小说选刊》《小小说月报》等报刊也有他的作品发表。

均铨先生的小小说我读过不少，他关注的大都是底层社会一些小人物的悲欢离合，于悲悲喜喜之中，用一支笔讲述自己的善良以及对人世间寄予的美好愿望。

其间，均铨先生重复最多的一句话就是"中国人要帮中国人，我们就永远不倒！"均铨先生是爱祖国，爱人民的。在这样的思想驱使下，澳门回归之前，均铨先生便帮助内地二十多位小小说作家在《澳门日报》副刊发表作品，且自费为作家寄样报。酒酣耳热之际，我和均铨先生的谈话更显亲近，友好的气氛取代了初见时的拘谨。均铨先生语气平和，像领导一般做总结性的发言。他说："这样做有两点好处：一、扩大内地小小说作家知名度的范围；二、有助于两地间的文化交流。"

从鼎泰丰酒楼出来，夜已经很深。澳门的夜晚很特别，尽管下了一天的雨，但空气中流动着的温热的风，却叫你的心头不住地荡漾着暖暖的快意。远处，葡京大酒店灯火辉煌，街道上的灯光五颜六色，闪烁迷离。于这样的时刻，我和均铨先生再次拥抱，心里共同品尝着小小说带给我们的无限幸福和快乐。

与均铨君相识，我之荣幸。

怪异的澜涛

写这篇文字的时候，哈尔滨已进入隆冬时节。

每年的这个季节，我都拒绝下班之后的各种应酬琐事，包括朋友之间的设宴小聚。

这并不是我不近人意，不解人情，实在是哈尔滨的冬天太冷了！

因此，冬天的夜晚，我不喜欢所有的户外活动。我喜欢在寒冷的冬夜，在有供暖的房子里，倚在床头读书。

2006年所有的冬夜，我都在读卡尔维诺，读他的长篇和系列短篇。

我读书有一个习惯，喜欢在一个时期内，只读一个作家的作品，包括作家的生平、逸闻、日记等。

卡尔维诺是意大利第二次世界大战后最著名的一位机智型作家。

卡尔维诺的长篇小说《寒冬夜行人》是一部立意巧妙、结构奇特的小说，一反传统小说的模式，打破了作者与读者之间的传统关系，可以说是对故事情节有头有尾、来龙去脉一清二楚的旧小说模式的一种挑战。

这是卡尔维诺的怪异之处。

由卡尔维诺的怪异，我想到了朋友澜涛。

在阅读澜涛的文字时，我似乎感受到了卡尔维诺式的怪异。

澜涛的许多文字都打破了传统模式的叙述习惯，甚至大刀阔斧般地为读者设置跳跃幅度很大的画面，就连许多常用词组他也拆开，重新打造组合。

我经常调侃说："这是澜氏的怪异。"

这种怪异应该理解为澜涛是一个敢于创新、善于进取的作家。

认识澜涛是在2000年的夏天，当时《爱人》《八小时之外》的两位女编辑来哈尔滨组稿，我和澜涛都是被组稿的对象，这样我们便相识了。

老实说，当时澜涛在哈尔滨文学圈还名不见经传。然而，不久后澜涛的一篇爱心题材的纪实文章，以头题位置发表在国内纪实权威刊物《知音》上。这篇文章在《知音》连连获奖，澜涛因此一稿扬名，牢牢奠定了他在中国纪实文学圈内的地位。

后来，我便陆续在国内的一些报刊上读到澜涛的一些颇见功力的纪实文学作品。再后来，让我为之一惊的是，在省内外一些综合性期刊上还读到了他的很多美文。而且这些美文篇篇都写得精致、耐看，每一篇都在他不动声色、感情唯美的叙述中，蕴含着深刻的生活哲理。《舍弃》如此，《把生命送进狮口》亦如此。

澜涛的美文，美在对人性的透视，深刻地揭示了人性的底色——真、善、美。

他的纪实作品的总体风格，体现在文字的轻灵飘逸。

不到十年的时间，澜涛发表了近百万字的作品，并出版了三本美文集。

一个初中毕业，过去以蹬三轮车为生的人，能取得这样的成绩，着实令人不敢小觑。

这是澜涛的怪异，怪异中藏着脱俗的才情。

有人认为澜涛傲气清高。

其实，这是对澜涛的一种误解。

澜涛在一篇文章中说："我从来没有觉得傲气过，或者清高过。我觉得自己是一个再烟火不过，再普通不过，再平凡不过的人。可能因为我偶然拾得了文字上的几束稻穗，让一些人觉得我有些不同。"

实质上，澜涛是一个非常谦虚的人，冷峻的外表覆盖着一颗极其丰富、善良的心。

阅读澜涛的文字，首先要阅读澜涛这个人。

澜涛是一个什么样的人呢？

举一例，在寒冷的冬天，你出门远行，被风雪阻困在途中，这时若打电话给朋友，也许你的朋友都会赶来，但第一个到达的肯定是澜涛。

澜涛的这种侠气，使许多人都能成为他的朋友。而且友情随着时光的流逝正在向彼此的生命深处延伸。澜涛用他的性格彰显了友情环境，近几年文学圈里的朋友经常提到他，提到属于文人的代表个性。这就是澜涛的怪异，他用对这个世界的感性理解，从灵魂深处解读人性、人情还有爱。他认为接受朋友的真挚友情本身就是一种幸福的享受。

和澜涛交往需要"慢功夫"，磨合久了，你就知道，澜涛既有才情又有侠气。

我们有理由相信，澜涛的文字会越来越厚重，达到读者所希望的完美境界。

山东汉子宗利华

宗利华是个汉子。

这个定论，来自纯东北方式的判断。这种思维方式具有黑土地的单纯，但是简单明了，管用。

论据也具有民歌般纯朴浑厚的特点，叫作：大眼睛，双眼皮，一看就是敞亮人！

你看看宗利华的眼睛，看看他的脸，再看看他的身子骨，他就是这样的人。

"敞亮人"用文学语言进行解释，就是：心胸开阔、兼收并蓄、海纳百川的气度，在行为言行上的反映。

一个作家还有什么比这个更重要的呢？

一个作家，做不到这样，怎么能出类拔萃呢？

一个作家，不这样，怎么担负使命呢？

假如，我说的是假如，我们这些写文字的人还有使命感，只有这样的人——或者必须由这样的人才能承担。

这一类人有这样的特点：

不人云亦云。给小小说文本独立的文学思考，不畏惧部分专家的话语权，也不围于归纳统计法的限制。谁也没有权力给一个方兴未艾的新生事物盖棺定论。

不自怨自艾。给小小说文本文学的尊严，不要怀疑他的血统是嫡出还是庶出。不要用经典打压自己和同仁的勇气。

不卖弄。给小小说文本方正的解读。小小说是用来或读或看的，此外不应有别的用途。

不矫情。给小小说文本客观的评估，正视它的优点和缺陷。是小草就不必长成大树。而你要得到一棵大树，就不要种下一颗草的种子。说实话，这不是施肥灌溉的问题。

我很久以来一直关注宗利华的文学创作和为人做事，没办法，我无法把一个人的作品和人截然分开，我觉得正是他与生俱来的优秀品质，使他的目光和思想可以覆盖广阔的社会生活。看他的小说，爽，有如穿越时空隧道，如历繁华的市井，所有欣欣向荣和忧伤衰败，都悠悠地来，慢慢地去，留下无尽的余韵。

好兄弟宗利华，祝你写出更多更好的文章。

想念秦皮

树上的叶子又开始枯黄，哈尔滨的天气又开始变冷了。

于是，我开始喝酒，与冷空气较着劲喝。寒冷让人心情忧郁、伤感。

伤感之余，我会想念一个男人，他叫秦皮。

秦皮经常会在酒后，迈着踉踉跄跄的步子走向我。

秦皮从 30 岁开始，好上了酒。一喝即醉，醉了爱说事儿。说什么事儿？说风花雪月的事儿。对谁说？对他的女人说。

"叶儿呀，"秦皮说，"记不记得，高考结束那天晚上，我们到校园后面的响水河河堤上散步？那天晚上，我们谈了好久。我说我没考好，你说你也没考好，作文还跑了题。你骗我呀。你的作文根本没跑题，得了个满分。跑题的作文能得满分吗？嗯？我们互相宽心，宽着宽着，我们的眼神就有点儿飘忽忽的。我们都觉得语言是那么苍白无力，动作才最真实有效。那是我的初吻呀。麻麻的、咸咸的，多复杂的感觉呀。是这感觉不，叶儿？"

"对呀，麻麻的、咸咸的。"女人说。

秦皮从 30 岁开始，醉了就爱和自己的女人说事儿，一直说到 60 岁。秦皮怀念青春，怀念诗和远方一样的浪漫初恋，喝了酒，就在醉意中缅怀。

一直到 60 岁，妻子有一天也喝醉了，抓住秦皮的手，把他也当作初恋情人回忆当年的恋情，大吐苦水。

于是，秦皮戒酒了。

60 岁的秦皮戒酒了，这是谁也没想到的事。

每到黄昏，小街上会出现一对老人相拥的身影。

有人喊："秦皮，喝酒。"秦皮转身微笑："谢了。"

那人又喊："这老东西，老了还懂浪漫了。"

秦皮说："我们在恋爱呢。恋爱，你懂吗？"

我喜欢秦皮这个男人，他很真实地活在自己情感的道路上，直到 60 岁，才开始了真正的恋爱。

说了半天，那么秦皮到底是谁呢，让我如此难以忘怀。

告诉大家，秦皮是邓洪卫小小说《初恋》中的主人公。一个作家能把小说中的人物写得让人过目不忘，也是很厉害了。

由此，在喜欢上秦皮的同时，我也开始喜欢上了邓洪卫。

与洪卫的相识，记不清是在哪一年了，只记得是在郑州。从郑州的相识开始，我们的友谊持续了近二十年。

在郑州，第一次见到洪卫时，我上下打量他：圆脸，眼神锐气，中等身材，给人朴实、敦厚的感觉。

会议期间，我们喝了几次酒。酒后，我带着醉意，握着洪卫的手，告诉他："我喜欢秦皮，想念秦皮。"

一旁的德北也凑趣说："可不，秦皮那个老哥好啊！我也有初恋，别说是醉酒了，就是我一半糊涂与不糊涂之间，也不敢在老婆面前叨咕初恋啊！"

我接德北话说："这就是我喜欢秦皮而不喜欢你的原因，秦皮不虚伪，活得直率、简单而不复杂。"

郑州一别后，我和洪卫便有了联系，经常在 QQ 上交流彼此的创作体会，每次聊至最后时，洪卫都不忘嘱咐我一句："哥哥，少喝酒！"

我回答说："好，等你来再喝！"

洪卫为文极具才情，为人就像我第一次见到他感觉的那样：朴实、敦厚。

从交谈中，我了解到洪卫经历坎坷。他出身农村，从小受了不少苦。他喜欢读书，但条件有限，家里、村里也没什么书。有一段时间，他放学并不回家，而是坐在街口的大喇叭下听评书，《岳飞传》《杨家将》《三国演义》是洪卫最早的文学启蒙。在洪卫的早期作品中，可以看到他深受中国古典文化和民间曲艺文学的影响，里面有评书的影子，最典型的要数他的《三国系列人物》。在"响水河系列"作品中，洪卫也多次对那段听书的岁月，进行了深情回忆和绘声绘色的描绘。

"三国系列""响水河系列"，还有"寂寞有声系列"小小说，每一次，洪卫都能闹出很大动静，闯出了自己独特的一片艺术风景。

在更多的场合，洪卫并不多言语。他是个沉默的人，喜欢独来独往。有时也蹦出两句俏皮话来，这说明他的内心也是活跃的。在后来的相聚中，我们会让他说段评书。他不太爱说，但有时也说上几句，最著名的是张飞的一声大吼，势如奔雷。后来，他说上句，我们跟着说下句。德北还对这一段进行了"娱乐"的篡改、再创作。这些都成了朋友聚会的经典桥段。

晓敏大哥对德北说："德北啊，你算是把洪卫的评书给毁了啊！"

然后又是一阵开心的大笑。

朋友嘛，除了谈文学，还要大碗喝酒、大块吃肉，当然更要会心一笑，甚至放声欢笑。

我知道，在欢笑的背后，洪卫有自己的艰难困苦。无论是文学还是生活，他都在坚持。他善于自嘲，不争名夺利，所以，他总是不紧不慢地走着。

不久前，他受邀在微信群里给读者讲课。他讲的是《小小说大情怀》。

洪卫是个有情怀的人。

洪卫到哈尔滨来过两次，都是参加建设银行的培训活动。

2015年9月的一个夜晚，洪卫来了。我们自然又聚到了酒桌上。

我们喝酒，气氛热烈，畅谈友情，满是开心欢乐。

酒后，洪卫乘出租车回住处。

"兄弟再见。"我挥手。

"炳哥再见。"洪卫挥手。

望着出租车疾驰而去，我心里突生凄凉，感慨人生聚少离多。

这时，我的眼前，秦皮又迈着踉踉跄跄的步子向我走来。

野性的一匹马

　　我很喜欢福克纳的短篇小说《花斑马》，每次拿起来重读，开头第一段就让我兴奋，花斑马野得厉害，到哪里都地动山摇。我就笑得不行，笑得收回仰到脖子后面的身体，坐直了，"呼隆呼隆"从头上飞过几匹花斑马之后，眼前便清晰地现出了马如营的样子来，可爱得很。我跟他说，你真是对了，姓个马。

　　我心里很喜欢马如营，用东北话说，这个人不是"一般炮"。熟悉他的人或者会在厘清他从林区闯入省城的经历之后，给我一个赞同的眼神儿，但我要说，这并不是全部，甚至尘埃落定、浮云过眼之后，这都不算个事儿了。为什么这么说？作为一个同类命运者，我也是从一个小镇直奔"大城市"求生存、求发展的，为着生活的奋斗是辛苦、艰难、劳累、困顿，兼而有荣耀、满足与自豪的，时间是最好的证明，就像马如营自己说的。他已经有房、有车、有钱，生活已经不再是我们肩上的大山，但马如营活得依然有紧张度（或者张力），无法懈怠，这就与物质毫无关系了，它们全部来自精神上的要求。

　　精神的野马带着一股原始气息，一种宿命般的执着，从来没有让物质生活驯服，它总是狂奔在精神的原野上。我每次和他见面都有一种地动山摇的感觉，他不仅气场强大，气势逼人，热情似火，而且他生命的进程总是有新的进展，总是精彩着、绚烂着。看看马如营已经出版的新书《马不停蹄》，答案就写得很清晰明了。

　　《马不停蹄》是一本什么书呢？从文本上看，它囊括了小说、诗歌、散文随笔三个种类，是一本装帧很漂亮，并且沉甸甸的书。但这不重要。甚至，从某种角度说，所有行世的文字都不那么重要，不过有一点非常重要，在有些人看来要命一般的重要，那就是附着在文字上的激情与梦想，这才是致命的、非凡的。我读《马不停蹄》，文字并没有给我造成激荡的情绪，但我是无比激动的，因为我一路领略了那附着在文字上的激情与梦想，它们发着光，闪动着耀眼的色彩，如野马群一样优美地奔腾不息。

但是，他也会安静下来，就像一匹马在青青的草地上吃草，偶尔停顿，将眼神放出宁静和忧伤，并带向远方。

他的《纪念父亲》：

……

树冠下的风很轻、很慈祥

甚至忘记死亡的恐惧与悲伤

我坐在山坡，静静地陪着父亲

两代人在两个世界里

阳光灿烂，在我的头顶上

我想象不出来父亲蛰居的地方

怎样的黑暗、潮湿、寒冷和痛苦不堪

父亲呀，父亲，我唯一能帮助你的

就是在坟茔上添些泥土

……

这样的文字与马如营全面接地气的生活呈现出完全不一样的气质，这是他精神城堡一扇优雅幽静的小窗，或者是河岸边的一片青草地。此时，他思想的野马正迈着沉思的小碎步，享受着喧嚣之外、内心深处的静谧。

说实话，我和马如营从相识那一天起，就不是那种沉溺在一起的朋友，但我们因为某些相通的阅历和精神的寄托，内心深处都给对方留有隐秘的空间，我们并不时常见面，但一旦有必要或者必须，彼此的召唤对方都会真诚和无私地回应。所以，我为他出新书而高兴。一个人热爱繁华的物质世界是容易的，因为它的回报也是丰盈的，但挚爱和珍视自己的精神家园，并以生命的形式加以保护和开拓的人，应该是这个世界上真正的强者。所以，我内心一直保持对马如营的敬意。

《马不停蹄》的封二上还有一幅马如营的照片，他站在铁轨上，说明白些是两腿叉开站在铁轨上。也许是铁轨在视觉上加长了他的腿，使他修长的双腿真的与马腿有神形上的契合。这一匹不知疲惫的野马是不是又要出发了呢？野性的嘶吼和地动山摇的阵仗又要席卷而来了吧？

果真，在此文待要收尾之时，他给我的邮箱又发来一本新书的电子文稿，书名为《马说》。

读了《马说》，辛辣讽刺的风格，还有些许的调侃，文字背后尽是底层小人物的酸苦人生。

小说整体来讲都很精彩，首先是"语言感觉"非常到位，尽管是闪小说，但从叙事到人物塑造，确实是按照小说的文体模式行进的。

有两篇是写女人的自我救赎，比如《常宝德》，虽然讲的是人渣常宝德，但是结尾却将侧面描写的女交换员推到前台，她以自杀和检举信完成了自我救赎；《小妖精》也是如此，刑场上捡回一条命的小妖精，出狱后尽全力补救自己曾经的恶行造成的后果，尽管不被认可，但是她的内心是安宁的。这两篇写了人性的回归，虽然她们都造过恶，但良心未泯，以生命或者后半生的生存质量为代价，承担应该有的责任和惩罚。与之相对应的男人在整个事件中都表现得十分猥琐与恶浊，没有任何负责任的言行，这也是小说的可贵之处，正反对比，令人印象深刻。

《莫森》和《阿玛尼》故事荒诞，寓意深刻。莫森由于特定的生活背景，远离人间"烟火"。对他来讲，活着或者死去并无太大区别，甚至死掉可能是更好的"存在方式"，至少不必为窘迫的生活奔波。但是他遇到了老船长，让他知道除了"艰辛"之外，人世还有更多"滋味"，从此他有了活下去的理由。尽管对女儿来历不太清楚，但是老船长是让他走进"人间"的领路人，所以他要感念老船长。阿玛尼活得很优雅，因为她心里有个重要的精神支柱，或者信仰。

《武铁匠》和《吴大舌头》写了市井小民的生活场景。前者写了个宿命故事，用句民间俗语概括就是"人算不如天算"，后者写了一个老实人遭遇的小事。

总体看，前两类更有价值，尤其是第一类，故事有内核，发人深省。

就此打住。

哈尔滨的春天，并未因疫情而停止她的脚步。春天走近了我们，春花已经盛开。"呼隆呼隆"，几匹花斑马在春天的原野上飞快地奔跑，我的眼前便再次清晰地现出了马如营的样子。

得意人生

知道胥得意这个名字是在两年以前。

那时，全国颇有名气的《百花园》发表过胥得意的作品，《小小说选刊》也隔三岔五地选载胥得意的作品。

读胥得意的小小说，精神上能获得很大的愉悦，思想上能有更多的收获，这大概就是艺术的感染力吧。胥得意在他的作品里，以满腔的热情叙述了他对军旅生活的热爱，又以朴素的语言客观而冷静地向人们讲述着士兵、班长、排长们的故事，令人读后对无私奉献的军人肃然起敬。

鸿篇巨制固然难写，小小说写起来也着实不易，讲究更多的技巧。看来，胥得意已经掌握了小小说创作的要领，已经能够在短小的篇幅里"用最小的面积，表达最大的思想"。这是胥得意的聪明和可敬佩之处。

由于都是搞小小说创作的，我很想结识这位军旅作家，但遗憾的是，当时我不知胥得意是何方人氏，家居何方。

后来，经过《小小说选刊》的介绍，我惊讶地得知，原来胥得意竟和我同在一省，是牡丹江市一名 1973 年出生的蒙古族小伙子。潜意识里就对胥得意多了一层亲近。

2000 年 9 月，我和小小说作家警喻到郑州参加"当代小小说繁荣与发展研讨会"。在会上，我和胥得意相识了。他和奎山兄住在一个房间，当我和得意的双手握在一起时，我细细看了一下这位很久之前就想结识的年轻人：瘦高挑的个儿，有一丝女孩子似的纯情和羞涩，透红的面孔彰显着军人的磨砺与朝气。

这就是胥得意，一个青春焕发的胥得意。

从郑州回来的火车上，我和得意、警喻是一路上谈着小小说回到哈尔滨的。

这里值得一提的是，前几年每到郑州参加小小说颁奖会或研讨会，我多是一个人从哈尔滨出发，中途约上长春的德北或大连的德云，一起南下中原。

而仅仅两年后，去郑州的路上就多了得意和警喻两位同乡。应该说《百花园》《小小说选刊》在扶植中国小小说新人方面功不可没。

2000年末，得意因公干来到哈尔滨。那天，哈尔滨的上空飘着大雪，我和得意在落雪纷纷中，雪人似的走进一家四川风味的酒馆。

寒冷的冬天里，有朋自远方来，不亦乐乎？

烫上一壶热酒，要上一锅热热的麻辣烫，我和得意把酒谈人生，谈小小说……酒过三巡，身上便有了热量，我对得意说："唱唱歌吧！"得意就手持麦克风唱起歌来。清一色的军旅歌曲，给我印象最深的是他唱的《说句心里话》。得意唱到"说句心里话，我也想家，家中的老妈妈已是满头白发"时，已经泪流满面了。他告诉我：两个春节没有回家看妈妈了。

我认为军人的奉献，是一种超值的奉献！

作家的奉献"吃的是草，挤出的是奶"。

得意履行着军人和作家的双重职责。

1973年出生的得意，已经出版了一本小小说集——《无言的军旅》。

这是得意的得意人生。2001年的春节刚过，又欣闻得意借调到解放军文艺杂志社工作。这更是得意的得意人生。

但愿得意能在自己的得意人生里，莫忘自己说过的话："奋力前行，得意驰远。"

我认识的白小川

以我多年对白小川的了解，我认为白小川是一个文本意识非常强的作家，主要体现在三个方面。

一是注重文本内部的逻辑关系，使虚构的小说从偶然性出发，在必然性上找到归宿。依照我们通常对小说的了解，我们知道，小说是虚构艺术，要使作家多半以想象搭建的世界获得读者认同感，相信它的真实性，并不能完全依仗小说细节的真实，其内部还必须符合逻辑。从一个偶然的事件走向必然的结果，完全凭借逻辑关系的加持，如果不重视这一点，就很可能无法完成叙事任务。以白小川的《扁担》为例，这只扁担带有祖传基因，在家庭生活中处于醒目地位，在父亲的肩上，它不仅承担着整个家庭的重担，也是一种责任和义务，以及爱的象征物。因此，一旦有一天，它出现在寡妇婶子家，倚墙而立时，就像一个特大号的问号，充满了令人猜疑的神秘隐喻。在此处，白小川借用辅助叙事，从母亲的视角给出一个判断推理的要件，即扁担在，主人就在。这样，在由扁担主导的故事流程中，母亲的误解成为合情合理的一部分，条件十分充分，因此，结尾处的误会加矛盾的化解，也就充满了人性的温暖气息。我觉得，如果没有这样铺展于内部的逻辑动力，这个结局是否能够成立都是个未知的问题，而一旦不能成立，那小说的人物以及性格就确定不能成立了。

二是注重结构故事，在小小说有限的空间里构建比较复杂的结构，使小说饱满丰盈。白小川的实践，体现在故事层面上，就是用曲折多变的情节，把故事营造得非常有魅力。通常的环保题材，或者正面描写环保好人好事，或者以反面人物或者事件警醒世人，关注环境保护。但白小川的环保题材小说更复杂，更有深意。《鸟事》中的主人公因为个人目的，无奈生擒两只野鸭送给局长品尝野味，局长夫人欢天喜地地收下了，并且越位答应了主人公的请求。小说如果在此处结束，无非就是一个揭露贪婪官员的故事，不是说主题不好，而是太多、太常见，缺乏陌生化。白小川一定是意识到了这一点，他没有停止，他使小说峰回路转，局长把野鸭送还给主人公，而后，主人公把野鸭重新放归大自然。看似一个很小很平常的"动机"，但整个故事的方向完全转变了。在结构上的曲折设计中，《鸟事》不仅仅从写作的技巧上保证了故事的可读性，而且，从展现更广阔的社会生活方面看，触及了人的灵魂。一个普通人的反省，一个体制内管理者的自律，都从纵深向度上表现了社会文明的进步，人性当中光明的部分在彰显。从文本角度上看，白小川做出了更有文学价值的选择。

三是注重题材的发掘，关注人类共同关心的问题。这一点，使白小川的创作与私语类的小说作家明显区分开来。这倒并不是说他忽略个人感受，而是，在他的文本中，至少他没有放大个人的痛苦，甚至苦难，而把笔力更多用于关注人类共同关心的问题。以《风筝》为例，对以往岁月的回溯和记忆，展现了中华民族优秀的品质，不屈服于暴力强权，不惜牺牲自我，以争取民族的自由与解放为己任。这种伟大的民族精神，无疑是文学反映的永恒主题之一。而且以《风筝》为切入点，观察白小川的文本，他对题材的观察与甄选，无论是《鸟事》这类社会题材，还是《扁担》这样的亲情题材，毫无例外地，白小川始终把人类共同关注的问题纳入自己的文本表现之中。这些无不体现了白小川的文学理念和志向以及趣味，是理解白小川文学图景的起始点。

当然，白小川的文本缺欠也存在于他的叙事中。作为一种独立的文学体裁，小小说有自己的尊严。实践证明，小小说不仅仅可以表现片刻的生活，也可以写一个人的一生，或者观照更广阔的社会生活，但是，有别于其他体裁，小小说的确有自己的独特性，那就是它可能比任何体裁都需要一种意味儿。换句话说，小小说结束之时，能让读者及时开启回味与反思，这才是小小说应有的品质。这一点上，白小川需要在创作中关注，并且努力实践。

感动其人

确切一点说，应该是在2006年的夏天，经常有省外期刊编辑在和我通话时，顺便问上一句："哎，你们黑龙江的感动是谁？"

这时，我便很自豪地在电话里告诉对方："感动是其笔名，姓黄，名兴旺，是我的朋友和同事，年龄不足三十，是个创作勤奋的小伙子！"

知道黄兴旺这个名字，至少在五年以前。那时，我经常在《法制周刊》上见到署名本报记者黄兴旺的整版新闻报道。文笔犀利、老到、辛辣，文章切入点直指时弊，不由得让人称道作者的为文风格和勇气。

不久，我们在缘分的撮合下，竟然成为同在一家杂志社供职的同事，后来又成为朋友，是那种可以坐在一起，以诚相待的朋友。

和兴旺成为朋友后，兴旺常从逝去的岁月履痕中，捡拾一些自己难忘的记忆，毫无遗漏地捧给我。

兴旺出生在内蒙古东部的一个小山村，身上流淌着的是正宗的蒙古人血液。他从小从事的频率最高的劳动就是在辽阔美丽的草原上放羊。

但是，兴旺很聪明，那时他就立志，不会重复"放羊为啥？为了赚钱娶媳妇生娃，让娃也放羊"的古老故事。

兴旺发愤读书，从小学到中学一直品学兼优，直到考上吉林白城的一所大学。

十年前，大学毕业后，兴旺带着他真心喜欢的一个漂亮女孩，在风雪夜搭乘火车从吉林闯到了哈尔滨。

兴旺和女孩要在哈尔滨寻找生命中的另一种"金"。

十年后，进行盘点的时候，兴旺应该说已经掘到了"金"，在数百家报刊发表了很多文章，在美文圈已是小有名气，他喜欢的女孩也在一家民营医院求得一份月薪不低的稳定工作。

兴旺很幽默。兴旺读过很多书，属于知识层面很宽泛的那种文人。宽泛

的文化底蕴，促成了兴旺的幽默。

兴旺的幽默随口就来，类似林语堂的"演讲要像女人的裙子一样，越短越好"的俏皮话，兴旺张口就是一串。

兴旺的文字，似乎总能让人感到在听觉上具有某种感性的魔力，即使你"读"不明白，但至少也会"听"得明白。好的文字总会让人听出格外的"声音"来，这可能与兴旺偏爱古诗词有关，许多优秀的古诗也有那种格外的"声音"。

兴旺的经典之作《像花儿一样等待》《苹果的最佳分法》都有听觉上的弦外之音。

最近，北京的一家报纸给兴旺开了专栏，这说明兴旺文章的人气指数在不断上升。

走进感动的文字世界里，让读者感动着，而感动也常常被自己的文字感动着，这就是感动其人——一个用真情写作的作家。

第四辑

阅读品评

不能拯救的隔阂与宿命般的孤独

—— 读何凯旋中短篇小说集《永无回归之路》

　　何凯旋新出版了一本中短篇小说集《永无回归之路》，收录了他16篇精彩的小说。凯旋在后记中自言，这本小说是他"尝试更多的技艺"，"看重不同的技艺，处理相同的材料……得出全新的效果"，它们是"技艺和往事，往事和技艺"，他因此似乎"忽略了现实的精彩"。我认为他这是避重就轻的说法。其实他的小说技术已经化成上善之水，和合于各种严苛的"容器"，绝对遁形，呈现的是一种最接近小说本质的东西——在我看来，这东西不可能是技术，就像掌握顶尖技术的歌唱家，给予听众的永远是美妙的歌声。

　　凯旋这些小说绝对不是传统意义上的小说。我通读两遍《永无回归之路》之后，一个问题从未像现在这样如此迫切地跳了出来，小说最终要抵达的目的地是什么呢？

　　以我的见识，我认为普希金的小说可以作为传统小说的代表，他的《黑桃皇后》《暴风雪》《玛丽》，精美绝伦，无疑是伟大的小说作品。小说文本上要求的东西，它们不仅应有尽有，而且处处得当，可以当成小说的范本来学习。精彩的人物及故事的编织，让读者从中读到客观、带有共性又不失典型性的人的命运、性格等等。但是阅读发展到21世纪，我已经彻底醒悟了，这样传统意义上的小说已经不能满足我们心灵的需求了。小说到底是什么？作为一种叙事艺术，小说逃不掉一个故事的结构，我以一个写作者的经验对此有太多实践的体会。王安忆说，短篇小说大概还是要写奇情奇事。但我发现，技艺精湛的短篇小说绝不止步于奇情奇事，比如《永无回归之路》里的16个故事，都是精彩的故事，这些奇异的故事给我们展示的最为迷人的部分是微妙与矛盾之所在：爱情、亲情甚至常情所不能拯救的、人与人之间的隔阂；永远无法进行、发生和得到的理解与沟通，以及个体的彻底的宿命般的孤独。

　　这些感觉是如此不同，不同于我们先前阅读过的传统经典，似乎与我们零距离，很贴心，甚至在我不经意和做好充足准备之前突然拨动我的心弦。坦率地说，凯旋把微妙的所在置于故事中，对的，一切产生于故事，但是又绝不会仅仅是故事本身——我自己也对这种迷惑而倍感纠结，这正是凯旋的高妙处所在。他手中执一柄魔杖，非常炫目地登场了（我常常在他朴素的文字中读出一种只能感觉而无法描述的华彩和绚烂来）。但不管怎么说，从故事入手了，很快他就切入迷人的秘密中了。也许他不揭示谜底，唯其如此，我们无法割舍，无法停止在神秘的文字之间探索。一路探索，抵达发现，一路领略风光、人情、世故，最后以自我发现收官。我们发现什么了呢？笼统地说，是我们有别于他们的自我，还有我们完全相同于他们的人性。这些相容和排斥让我们获取人生的慰藉。为什么这样说呢？人生其实是这样的，有时候我们希望自己凌驾于世俗之上，展现独一无二的个性，有时候，我们又希望自己完全是世俗的组成部分，是从泥土里开出的花。这些感觉都出现在凯旋的文字里，我要说，不只在段落里，而且存在于每一个句子里，甚至在每一个坚决的停顿和犹疑的省略当中。所以，我看凯旋这些小说都是一句一句阅读的。你要承认，有时候，我们阅读，是一段一段进行的，甚至是一眼就扫过一页的篇幅。

在我看来，凯旋最有神力之处是他发现了善和恶的自然调节能力，这大致是他的作品有别于一切庸俗作品的因素之一。有点自然主义，不带作者个人主观颜色，绝不掺杂个人意见，他把世界完全置于阳光之下，似乎即使上帝也无法预测故事的走向。在凯旋的笔下，恶意、蒙昧和狡黠随处可见。他细细描绘，不厌其烦，常常让我深陷忧虑和愤怒而难以承受，但真相大白之时，我们安心地发现，它们通常并不向恶转变，往往有容易操作的平衡法则及时产生控制能力。我们从这些自然平衡中（没有组织和第三方调停），深刻地体会到人性善的一面，感受神秘的和不神秘的正能量。

凯旋小说的背景大多是广袤的原野。在与自然的搏斗中，人们如何治疗备受打击的身心？也许给别人下绊子、设圈套是快意之举。但是，我们看到的是，人们在下绊子和设圈套的时候，大多对结果是有谱的，知道他终将做什么，或者赞成什么，反对什么，坚持或者妥协什么。（虽然也偶有偏差，比如那个要命的杆子，最终转向恶。有可能恰恰是偏差的警示，使带着浓郁自然色彩的平衡法则成为那片原野上最引人注目、得到普遍遵循的法则）《送葬》最后部分实属神来之笔，三杨疯狂地使唤"我"和父亲以及邻居，我读来已经无法容忍了，但是父亲以一个农民惯常的小聪明，巧妙使用了三杨视若宝贝的新马车，使我意会的乡间生态再一次从倾斜中恢复平衡。谁说这不是田野永恒的活力、美与迷人的理由呢？《风》也是，那个神秘的并未出场的奶奶，带着浓郁的象征意味，成为一枚砝码，在轻轻的移动中保持伦理平衡。当它大力偏颇的时候，却不可思议地带着温情。杨香一贯在巨大的倾斜中自得地收获利益，当"妈妈"将一兜倒霉的鱼奋力抛出门外，摔在地上的时候，平衡重新构建。《马惊了》也一样存在动态中的平衡。中篇《图景》差不多做到了极致，留下漫长的伏笔。但我可以肯定的是，绝对不存在阴谋，而是一条潜行的线索，多个（多种）生命、多种命运的样貌和情状依次沉浮显现。我明白，我彻底明白，凯旋悲天悯人之所在，他的压抑，他的愤怒，他的块垒。但是很令人敬佩和感动的是，他不隐忍。我恰恰不喜欢隐忍，虽然它昭示美德，可是它也糟糕，抵消了丰富的生命形式。我们看小说，看人生，到底看的是什么呢？整本小说集非常合我心意，没有隐忍或绝不隐忍到渺小。这些小说就像连环套，设置、拆解，再设置、再拆解，或者，平衡—动荡，动荡—平衡，循环往复，生动又迷茫，善良又险恶……我们就在这样的情绪下阅读，最后，文字结束了，我们停止了阅读，可是，没有完，在文字的余韵里阅读的快感如同痛苦的折磨依然在继续，就像受惊的马后面拖挂着的大车，本来无法停靠，命运之神把它夹在两棵大树之间——这当然是一种乡间的客观描述，但到这个份儿上，已经沉浸其中的读者，谁又能感受不到隐隐的、另一种人生场景的无奈和尴尬呢？其实，对于阅读者来说，这是最要命的所在。

品读凯旋小说集的同时，我重新认识了他。

经典原来可以这样读

我以为，在众多现代版的经典中，财经作家张建云编著的一套《微国学》可能更接近我所说的本位。我是这样看的：中国的传统哲学从一诞生就带有鲜明的普世价值。我们读诸子百家，总是能看到政治、经济、道德、伦理、人生等问题，这些都是实实在在的问题，不像西方哲学那样剑走偏锋，发出"我们从哪里来？到哪里去？"这样令人激越而沮丧的叩问。

中国的哲学是温柔的、慈悲的，就像一个安详的老人，向你娓娓道出自己的人生经验，告诉你不要走弯路，让你活得明白一些、愉快一些。对于我们现在的普通人而言，衣食问题基本解决了，温饱问题基本解决了，灵魂就显得不是可以忽略的了，灵魂有时候会跳出来折磨自己，折磨周遭的人际关系，怎么办呢？如果从物质上无法解决，那么，就试试从精神上入手。我觉得张建云的这套《微国学》就是一碗量和味道都适中的心灵鸡汤。

《微国学》一共六本，每一本都关涉一个主题，排下来依次是修身、处世、建德、为政、齐家、养心。这六个关键词汇总在一起就是一个人的立世之本，或者人生的准则，这和传统经典的立意是相吻合的，是本真的。这六本书都只有手掌大小，从形式上体现了"微"字。但国学是厚重的，从春秋战国到清代，浩如烟海。带着疑问，翻开这六本小书，真相大白：原来他所撷取的全是精华中的精华、经典中的经典。

张建云的编撰宗旨特别厚道、善意和谦逊，他非常刻意地保持经典的原汁原味。比如，书中选了《论语·卫灵公》："子曰：'众恶之，必察焉；众好之，必察焉。'"翻译成现代汉语，意思是："孔子说：'大家都讨厌的人或事，一定要考察一下才能决定你是否也去讨厌；大家都喜欢的人和事，一定要考察一下才能决定你是否也去喜欢。'"在"评说"一栏内只寥寥数字加以补充："随波逐流看不到真相，人云亦云听不到真话，走在羊群后面吃不到新鲜的草。"至此，一个条目就结束了。言简意赅，朴素生动，极大地坚持了经典的本真。

在我看来，这是对经典的敬重，同时也是对读者的负责。没有语法词汇方面的炫目诠释，经典的真诚就坦荡地进入读者的心灵。实际上，经典的严肃品质不适合华丽的外衣，或者说，任何包装都将损害经典的面貌和实质。一部《论语》原著有一万五千字左右，很多解读的文章洋洋洒洒，动辄数万甚至数十万字，这样不是不行，而是读者是否能够承受得了那些强加在经典上的重量呢？我看有点勉为其难。

张建云的这套《微国学》，极彻底地摒弃了附会。对今人来说，世事纷繁，却又并非看不懂、想不清，经典不见得是心灵导师，可能就是一次重温、一个善意的提醒。这样说来，张建云的《微国学》应该是礼轻情意重的善举。你疲劳或迷茫的时候，随便从身旁的包里拿出一本翻一翻，心中的块垒、郁结就消融了，内心的欢畅跟随血液流淌奔腾，谁说这不是一种正能量呢？

小人物的入党申请，大时代的波澜画卷

——读王鸿达长篇小说《父亲的入党申请》

读完鸿达的《父亲的入党申请》后，我获得了一种惊喜。小说巧妙避开了同类作品容易落入的俗套，带给人清新的阅读体验。在这里，一幅中国现当代史的波澜画卷通过小说中一个个普通人的苦辣酸甜缓缓铺开。我们读到的是充满历史厚重感的文学作品，而不是填入人物和故事的历史教材。

这里，我认为很能集中体现这部作品风格，很想与大家分享的一个例子是李长路和唐山菊的爱情故事。也许有人会认为这是一段占用太多篇幅、有喧宾夺主之嫌的"支线"，与"父亲"的入党申请关系不大。我想有必要先明确这个观点："父亲的入党申请"是巧妙串起全文的主线脉络，绝非全文要表现的唯一内容——如果那样，这部作品就太过单薄，也太过"功利"了，成为一篇专讲怎么苦心寻找线索去证明"四叔爷"党员身份的"半推理小说"，这如何撑得起厚重的历史画卷与寄寓其中的对我们党的赞颂呢？

这点明确之后，回到故事本身。小说先用不疾不徐的节奏向我们讲述了村里有关邮递员李黑子李长路与那个外地嫁过来、年轻守寡的唐山菊的大事小情，仿佛一个老乡在跟你闲话家常，于娓娓道来之中"铺平垫稳"，等待后文高潮的到来。

"娓娓道来"是本作品写法上的一大优点。大部分同类作品往往目的性过强，导致叙事节奏过于紧凑，而且从头紧到尾。其实，急缓相济，高低起伏，才是符合艺术规律的节奏安排，读者也会因此获得一种舒服的阅读体验——本作品很好地做到了这一点。主题的表现，也因娓娓道来而自然流露，避免了刻意拔高。

言归正传。当读者不知不觉被这闲话家常的氛围吸引，沉浸到故事之中，不由自主惦记二人感情的发展之时，时代的洪流与小人物的命运紧紧连在了一起。有人会说，以历史作为背景的文艺作品大多如此，不值得一提。但大多如此，写好却不易。在李长路竭尽全力安慰因老家灾情寝食难安的唐山菊，为其打探老家姐姐消息的过程中，二人的感情顺理成章发展到下一阶段。情节勾连背景，背景推动情节，毫无造作之感。这种浑然天成也体现在伟人的逝世带给二人、带给全村人的沉痛打击中；体现在二人于粉碎"四人帮"之际举办婚礼，全村人对二人终成眷属的衷心祝福之中。婚礼那一部分，积压多年的释放感、满满的憧憬与活力漫溢出来，读者被包围其中，恨不能也钻进书中，为一对新人、为未来的新生活干杯！

在这段爱情故事中还穿插着唐山菊姐姐的几封来信。在灾区医院接受救助的她，在字里行间向妹妹倾诉着死里逃生的狂喜，对舍生忘死的救助人员与坚守一线的医务人员的感激，对社会主义制度优越性的体会。谁都不会从中读出宣讲、说教的味道，受到的教育、感染与震撼，却极深刻、极真切。这是本作品又一值得肯定的特质，前面也提到过——将宏大主题通过娓娓道来的方式，自然而然地呈现出来。全书塑造了一系列党员形象：老镇长邱山在革委会面前一身凛然正气；汪老师悉心教导，启发孩子们探求信仰的真谛；梁副书记病危仍将证明同志对革命事业的坚贞当作头等大事；养老院的党小组里，一群年过古稀的老党员，始终牢记准时庄严地交上自己的党费；当然，还有"我的父亲"，几经挫折，终于入党，深知今天的幸福生活，无不与党的领导关爱、广大党员的无私奉献息息相关。掩卷深思，一份份感动与温暖，久久萦绕在读者心头，不觉一丝假大空。

建党百年，文学界和作家应当为这伟大的历史节点呈上自己的献礼。王鸿达做到了，他的这一份献礼，是他埋头扎实创作的丰收结晶。我们需要更多的像《父亲的入党申请》这样的作品，将对党的挚爱与感激真正有机融入其中的作品。这样的作品绝不"主题先行"，但主题却更为鲜明。

卑微者的自白

——关于徐岩的《影视城》

徐岩的小说几乎无一例外地关注最底层的人和生活，在他塑造的人物谱系中，我担保你认识他们的全部，甚至不仅仅认识，你早上一出门，兴许在院儿里就遇到一位，打个招呼，中午在路上又遇到一位，于是站立街边聊一会儿，晚上下班的人流中，他们在你身边一闪而过。徐岩对这些底层人物已经不再旁观，而是义无反顾地投身进去，完全融入。这也许是一件令他沉醉并且深感痛苦的事情，他带着一个作家观察的意愿或任务，进入底层生活，最后却不能"全身而退"。他深切的关注和同情，播撒在叙事中。我总觉得徐岩小说中一贯的沉郁忧伤的格调，不是来自他的叙事策略，而是来源于他的心灵，换一个词就是良知，从头至尾氤氲弥散于字里行间的良知。有别于其他有沉湎故事结构癖好的作家，徐岩是一个有些低调又极其特别、辨识性极高的作家。

《影视城》这个名字有一点象征意味，银屏小的窗口映射了大的世界，是集中起来的浮世绘。就像徐岩正在讲着的故事。卡车司机木祥跟大多数老百姓一样，本分地赚着辛苦钱。他结交了一个有劣根性的警察老邱，老邱，很不自律，但是在木祥的帮助下，解救了一个被骗的女孩——这个女孩被有背景的老孔以招演员的名义骗来出卖肉体，而老邱却因此被老孔设局杀害。木祥出于道义驾驶卡车捣毁了淫窝，自己因此被判刑五年六个月。

让我入迷的是老邱、木祥、小红这三个人物。孤立地看，他们各自有颇为自相矛盾的性格特征；联系地看，他们之间有耐人寻味的关系。

警察老邱是个孤儿，在流浪中长大，不可避免地带有一定程度的劣性。但他在青年时成为一名人民警察，这使他在履行警察职责的时候常有恶的行为泛起。卡车司机木祥是个没有不良习惯的老实人，他结交老邱，主要为自己的生意讨方便，起初对老邱的行为很不满，最后却选择了用极端手段替老邱伸张正义。"时常有恶的行为泛起。"小红本是个风尘女孩，与老邱只是萍水之交，跟木祥之间是清白的，后来却道出真相并出现在木祥的探监室。如此激烈的人物性格矛盾和冲突，展示的并非只是一种可能性。他们的性格冲突在充分展现特定人物双重性格的同时，无不指向人性中统一的、普遍的存在。

这就是徐岩传达给我们的，呈现给我们的，让我们充满希望又让我们痛苦不堪的生活。让我们选择隐忍或者爆发的生活。徐岩的确是说到点子上了，卑微者的卑微是渺小的，却又如此倔强和闪闪发光，释放着一种美妙的、善的道德力量。毫无疑问，他们是卑微者，但他们的人生就是我们的人生，他们的所思所想所做，构成与我们对应的镜像，令人感叹和警醒。

说到这个份儿上，徐岩小说的价值也就出来了。他的深切的人文关怀落实在具体而生动的笔端，随之流淌出来的气韵之中，还有作家宽阔的包容之心、恻隐之心和严肃的责任感及醒世的隐喻。

鞠躬苍生弃鬼神

—— 读文永泉律师游壶口有感

我对律师这个行业了解不多，我一个码字的，对整个世界心怀善意，谁没事总打官司呢？然而，两年前我遇到一个文字官司，朋友便介绍我认识了文永泉律师。他帮我从法律角度完善了我个人遇到的难题，从此我们打开了朋友模式，成了好朋友，而且不是泛泛的一般朋友，是以文学作为基石的纯粹朋友。

2015年年末，我和文永泉律师同游云南，一路上，我对文永泉律师有了进一步的了解。记得《围城》中钱锺书曾借人物的口说，旅行，最试验得出一个人的品性。旅行是最劳顿、最麻烦、叫人本相毕现的时候。经过长期艰苦旅行而彼此不讨厌的人，才可以结交做朋友……按这个模式，我们是之前在性格趣味上投缘，经过旅行之后，就是真正的朋友了。

旅行中文律师极其放松，脱离了职场的文律师是个诗人，既有诗人寄情山水的情怀，也有诗人家国天下慷慨悲歌的激情。这么说似乎还有欠缺，我们还需要一点儿更接地气、可触摸、可品咂的具象事例才能把他这个目前还是纸上人物的文律师激活。那是我们从丽江回来的旅途上发生的事情。我们从丽江坐了夜行火车清晨到达昆明，但我们回哈尔滨的飞机是当天傍晚的。文律师建议利用白天时间去石林。我们找了一辆出租车，一去一回按市场价800元租下。一路和司机聊得很多也很好，这是情理之中的事情。

律师和作家对社会、对普通百姓关注，几乎是这两个角色天赋的职责。我们在交谈中对当地的社会生活了解了很多，同时对司机本人也进行了关注，司机是一个很辛苦的群体，司机本人的困难似乎更多些。当时文律师没有说什么，一直到我们游完石林，回到昆明，文律师付了司机1000元。他轻描淡写地说，我们对你的服务很满意，你是昆明的一张好名片，车租之外的钱算送你的小费。其实我明白，他这样说是为了保护司机的尊严。这件事让我对他刮目相看。我向来认为，一个人是不是善良，首先要看他对普通人的态度是不是发自内心的同情、友善和尊重。在处理我的官司时，我已经见识了他的专业能力，而云南之行，让我对文永泉职业之外的人格有了全面的了解。我非常佩服他。回来之后互动自然增加，我们成为微信好友，他高妙的文采在微信里表现得淋漓尽致！

文律师极有古代士子之风，爱好游历，谙熟古典文学，这让他在游历中常常有比常人更多欢喜，甚至悲壮。而他的文采也如大河长风一样一泻千里奔腾不息，极具感染力。

四月，他驾车出游至黄河壶口瀑布，在微信上传了一篇激情飞扬的文字，开篇写道："夫宇宙八荒，或激昂，或妩媚，或刚强，或柔弱也。雌雄相合，阴阳相生，道行周虚，自然始成。人，万物之灵长，晓知神奸，能协上下以承天休。明知不可为而为之，罪我知我惟春秋者，孔丘执着；不以物喜不以己悲，先天下之忧而忧后天下之乐而乐者，宋名臣范仲淹之胸怀……古今圣贤众趣相异，然明德至善，物我两忘，鞠躬苍生器性同一也！"洋洋洒洒，历数历史上各路英雄高士，虽各有各的路，但他一针见血地指出，不管他们出身如何，都做了什么，在历史上留下清名的原因只有一个：鞠躬苍生！而到了壶口瀑布，他充满豪情地写道："及日，天朗阳丽，山绵穆而断层裸露，黄土石卧河岸平阔。举目四望，天河天来，平静如带，陕西山西映衬前后。及近处，白雾蒸蔚，声如巨雷，落差奔忽，波恶涡诡，浊流沸腾，雪崩冰裂，河石悍利，白涌飞疾。"写景状物浑然天成，让人不能不感叹，他观察之细，角度之自由，构思之缜密：由远及近，从抽象到具象，他调动了读者的视觉和听觉，用富有音乐感的节奏构筑了祖国大好河山的声像世界！让读者和他身处一个频道，感受壮美景色。而稍后发出的感喟更是掷地有声："呜呼哉！泉此刻，神飞意驰，情难自已，灵感奔涌而来。黄河水豪势奇巅，欲把坤峰从头翻。声浪千尺崩冰雪，双虹弃天喝其观。总有雄心慰壮志，壶口凝望热血寒。四十年来空啸喊，吟诗岸石忆陕甘！"诗，首先发乎情，情真才能意切，情意相容才能超拔高蹈，彰显思想和胸怀。那么文永泉的情怀在哪里呢？这首工整的诗使诗人的情绪得到了宣泄，但是高潮之后的沉思，意蕴深长，"予思之，吾生有涯而气魄有限，非物之激励，必是井底之蛙。虽勤于游历，饥于学习，亦感轻躁浮夸。千年锤炼放荡方有壶口瀑布神昂，区区几十载朝露何必徜徉？予应效东坡豪放，李白斗酒，渊明情怀，纵享山水，厚积薄发，利于当世以功未来。岂敢懈怠，勇于承担，舍我其谁乎！"好一个"舍我其谁"！

百转千回，落在了实处，这是豪言壮语，更是责任与担当。从这篇波澜壮阔的文字上，我们似乎可以清晰地看到一条文化脉络，一个从五千年历史中走来的形象，对，中国知识分子的形象。他们毫无疑问地承继了这样一个传统：以治国齐家，襟怀天下为己任。由此，看起来闲适的游山玩水，蕴藉着济世的情怀，那一腔诗情画意，也就终于落在了实处。

李商隐有一首非常著名的诗："宣室求贤访逐臣，贾生才调更无伦。可怜夜半虚前席，不问苍生问鬼神。"汉初的贾谊，有治国之才，汉文帝为询问鬼神之事，曾半夜把贾谊叫进宫里。李商隐的诗就是讽刺这件事的。我们已经进入了最好的时代，但愿我们的知识分子，都能豪迈地以"舍我其谁"的壮志，为祖国富强和昌盛而鞠躬苍生。

诗意的理性

　　陈毓的《蓝花瓷瓶》再版，给了我进一步探索她小小说世界的兴味，我想再次领略一下它的奇妙之处。

　　这本书 2003 年首版，是北方妇女儿童出版社出版发行的，一套八本，都是当时比较有影响力的作家小小说作品集，其中有我的一本《弯弯的月亮》——这本书此次和《蓝花瓷瓶》一起再版。但是与陈毓的相识却是可以向前推进若干年的。她的小小说有一种迷人的诗性气质，通常的说法是，陈毓写诗出身。但在我看来，也许还有更见天赋气质的契机。在我的记忆中，她虽然生活在笼统概念中的中国北方——陕西，但是，她的血液中有来自父母给予的江南因子，这就不难解释她温婉的外表和软糯的语言的来处了。这些一起构成了陈毓小小说的外在特质，如诗一般浪漫、优美，意象的奇异，语言的轻灵。但这些都是外部特征，当拨开诗性的外表体察她小小说的意蕴时，常常能发现其中满溢着惊世骇俗的理性思考。比如她的《伊人寂寞》，写一个陶醉在爱情中的美丽孕妇，横遭车祸离世之后，曾经海枯石烂的丈夫，为了区区一点利益，同意将爱人和还在腹中的婴儿做成标本，最后展览于一个城市的博物馆中。这样美丽和奇异的标本极大地满足了人们的好奇之心，完全毁灭了人间最真、最纯、绝对带着排他和私密意义的爱情。作者优美、诗意的文字掩盖不了一个石破天惊的悲剧。悲剧是把人生有价值的东西撕碎了给人看。陈毓是深谙其道的，或者换一句话说，她对人生有理性、深刻的思考，她在繁花锦簇之中，看到了时隐时现的悲凉。这使陈毓小小说的浪漫和诗意不是青春的宣泄，而是有更为厚重的冥想。再版的《蓝花瓷瓶》收入了新作，我着重拜读了新篇目，令人欣慰的是，陈毓的理性内核没有减弱，反而更加浓郁了。其中有一篇《减法》，把主人公豁达的生死观轻灵优雅地展现给读者。米根老爹在人生的最后时光，安排了几件身后事：柏木棺材换成材质轻便的桐木，免得太重让人犯难；墓地改在自家老屋后面的林地中，为了陪伴老伴

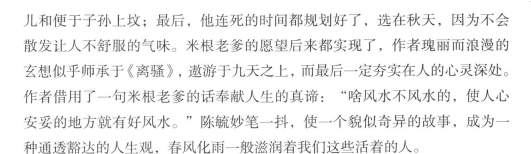

儿和便于子孙上坟；最后，他连死的时间都规划好了，选在秋天，因为不会散发让人不舒服的气味。米根老爹的愿望后来都实现了，作者瑰丽而浪漫的玄想似乎师承于《离骚》，遨游于九天之上，而最后一定夯实在人的心灵深处。作者借用了一句米根老爹的话奉献人生的真谛："啥风水不风水的，使人心安妥的地方就有好风水。"陈毓妙笔一抖，使一个貌似奇异的故事，成为一种通透豁达的人生观，春风化雨一般滋润着我们这些活着的人。

陈毓小小说诗意的理性和理性的诗意，构成了一幅绚丽多彩浪漫多姿的画卷，给读者带来的文学价值是不可估量的。

巴蜀之风

我和欧阳明见过三次。第一次在"城在海上，海在城中"的厦门，第二次在他的故乡四川乐至，第三次他出差哈尔滨，我们再次相聚。

谋面虽只三次，但重要的是，我们心灵却一次比一次近了。欧阳明有东北人的慷慨豪迈之气，喝酒不忸怩，有爷们儿气派，这一点与我很投缘，因此，我们的相聚便有了许多快乐的回忆。

我这人有个特点，喜欢看朋友的小说，因此近两年比较关注欧阳明的创作。巴蜀之地文化积淀厚重多元，"芙蓉国里尽朝晖"嘛。有这样的思想准备，读欧阳明的小说时，惊喜也就不惊喜了。

读过欧阳明的许多小说之后，我总结了三点，这也是他创作的长处。

悲悯

欧阳明有一颗悲悯之心。这是我敬重他的原因之一。一个作家有多少悲悯，就会付出多少爱，对这世界的爱，仁爱。比如，他的小小说《挥手》，写一对好兄弟具有知己朋友的缘分：同庚，同时参加工作，同单位，同一天结婚，同在一个社区安居，同时退休……这样的缘分让他们成为一生一世的朋友。他们同样失去妻子，同样衰老到不能离开家门时，兄弟之爱凝结成真诚的牵挂，只希望对方好。他们约定每天上午十点在自家窗户上挥手致意，让彼此知道对方的存在，实际也是友情和安慰的存在。我读到这里时不禁潸然泪下，非常感动。这篇小小说没有旁枝末节，我看着那些小溪流一样流淌的文字，竟然是纯粹的情感的流淌，不掺杂物质的描写，不表述任何人生的坎坷。其实人这一生又怎么能脱离得了要命的俗物呢？但是，这对好兄弟却能够在人生最后的旅行中摒弃羁绊，一心奉献——当然也将获得令人安心的情感。

眼睛

欧阳明还有一双灵敏的眼睛，善于捕捉日常生活中种种尖锐的矛盾，并有能力轻柔化解。这一点我很感兴趣。现代婚姻家庭一个突出矛盾就是越来越脆弱的夫妻感情。这也是作家常常观照和发掘的题材。欧阳明眼光有独到之处，他善于把悲剧转化成喜剧，其中的积极意义让我赞赏，而他直面家庭矛盾的平和心态也能说服我。我想我以一个读者的眼光思量，欧阳明轻松还原婚姻本质的能力，使他能够很快得到大多数读者的认同。小小说《味道》中，丈夫出轨，妻子没有打没有闹，却解决了问题。她把丈夫化成"绕指柔"，只是在丈夫的餐桌上先后摆出两碗菜：青椒炒肉丝。丈夫很诧异，问这碗和那碗不是一样的吗？妻子说是啊，是一样的可你为什么往人家家里跑呢？小说到此戛然而止，却仿佛凌厉而清脆的鞭子在半空中狠狠抽了一下，余韵袅袅。我想小说之外的余韵是，即使丈夫不能立马回归，最后的结果也是可以预见的。而在这个故事中，欧阳明的独到之处，也使他具有举重若轻的能力，把一个不确定的矛盾化解为对三方均无伤害，而又富有道义、原则、宽容、不妥协的团圆结局。

批判

批判现实的勇气使欧阳明的小小说除了突出的批判意识，还有鲜明的道德评价指向。而且并非无关痛痒，恰恰相反，他利用小小说短小精悍的载体，揭示了一个又一个令人震惊乃至震撼的畸形存在，其现实主义价值不可忽略。比如《假酒》和《空门》。

《假酒》坦白地写了"我"用假五粮液孝敬父亲的故事。欧阳明对"我"的所想所作所为非常平和而冷静地进行描绘，没有插话评判，但是我认为是极其辛辣的。我们在作者的笔端已经非常恐怖地看到道德沦丧向亲情渗透，令人大骇。如果亲情都可以任意摧毁，这世界是否还有真善呢？而作者写实的风格也无可辩驳地表达了文本的真实性，我读后感觉警钟在耳边鸣响。

《空门》更复杂得令人沮丧。佛门一直是人们逃离现实烦恼的伊甸园，可是，欧阳明展示给我们的是个更加烦恼的所在，这个和尚没有驯服青春的冲动，而后结婚，开奥迪。故事结尾点破他中途离席为了竞争佛教协会会长，一连串的作为离菩提很远，离功利很近。这样的暗喻实在敏锐而惊心动魄。世界的本来面目就这样被欧阳明毫不留情地揭开了一角，现实世界的确是应该接受不间断、无情的批判，否则它还有什么理由存在？

　　总的说来，欧阳明的小小说可以用三个字概括：接地气。他密切关注纷繁的生活，在常态生活中发现波动人心的故事核，赋予生活理性的思考和形象的表达。他的小小说都是从生活中取材。他一定是注意到了，充满烟火气息的生活，很容易麻木人心，麻木人的行动，麻木人的判断力，使人们选择非理智的行动，所以现实生活中总会出现一些恶劣事件，假丑恶轮番上演，真善美被挤到边缘地带。而欧阳明似乎有意识做出一连串唤醒人们麻木心灵的举动，展示另一种平常百姓可以身处其中的优雅生活。卑微，但有尊严的生活。

　　一个作家最重要的无非就是心灵和眼睛，既然欧阳明具备善良的心和深邃的目光，我们就有理由期待他给读者奉献更好的文学精品。

其实，我们一生都在了解自己

友人清风徐出了第二本书：《春风起时，你在哪里》。

隆冬季节，东北最寒冷的时候到了。依东北的传统，冬天是个什么也不做的季节，用个很形象的词就是猫冬。猫冬就是躲避酷烈的寒冷，像猫一样蜷曲在热炕头或者灶台上，只睡大觉，不再思考猫生。总而言之，不开玩笑地说，这一段时间很闲适，即便当代快节奏的生活，四季当中，冬季还是有些闲适的。也可能是年龄逐渐增长的缘故，我开始怀念并回归传统，冬天里不想出去走了，只想停下脚步，安安静静地读点书，思考点问题，这真是我想要和喜欢的生活，也实在是岁月的结果。一旦发现真实的心迹，我竟然颇有感慨，想来人人如此：人生的过程，也是发现自我，了解自我的过程。这个过程说起来轻松容易，而实际上却是一条漫长的路。所以，我捧着这本散发着浓郁书香的《春风起时，你在哪里》，忽然有了一个想象。我猜想，当清风徐轻轻合上最后一张书页的时候，一定会有一些惊喜的发现：原来自己还是这样一个清风徐！

这感觉十分美妙。

我以为散文最能展现人的真性情，因为它总是从内心出发，并只与心灵为伴。一个人的心性在散文中几乎无法伪装，也无处躲藏。我想，这一点特性对读者而言，阅读散文是对作家最好的了解方式——当然，兼有暗示自我的作用。这也正是我们阅读散文的缘故，在别人的经历、别人的感受中，观照自我，受到启发，并寻找自我，发现自我。于作者而言，他所呈现的世界对他内心的影响是十分微妙的。比如，童年因心智不健全而造成的懵懂和模糊的记忆变得清晰了，其他时段发生的令自己困惑无奈的事情，变得完全可以洞悉了。甚至，就在下笔那会儿，灵感突然金花飞溅了。也许这才是无以言表的写作乐趣。

清风徐的新书《春风起时，你在哪里》是有境界的，这种境界就在于：

书里有一个风轻云淡的清风徐。就像《东北爷们的下酒菜》，轻盈的文字里，把日常生活和浓浓的亲情交织在一起，让人喜悦又感动。书中还有一个热情奔放的清风徐。比如《前方总有意外的风景在为你等待》。我觉得只有热情奔放的人，才具备丰沛的精神动力去探索自身的奥秘，才真正懂得"不要往后看，你的整个人生都在前面"的道理所在。书中更有一个理性而睿智的清风徐。《家族的先贤们》充满了自豪感和认同感，传统的家国情怀凝聚了一个家族的力量，娓娓道破了血脉和传承的秘密……

老实说，在冬日温暖的向阳房间里，在沉醉的红茶中，合上清风徐的《春风起时，你在哪里》，我笃定这些发现可以让读者产生共鸣。

读一本好书就像遇到一个好人、一个好朋友一样令人舒服和愉悦，以至于窗外冬日淡淡的阳光都令人觉得美得不可方物了。